TAKE
SHOBO

執愛遊戯

甘い支配に溺れて

みかづき紅月

Illustration
池上紗京

JN181623

蜜猫
MitsuNeko

執愛遊戯　甘い支配に溺れて

contents

プロローグ　006

第一章　運命のオークション　011

第二章　誘いのルーレット　026

第三章　秘密の恋人　069

第四章　恐るべき贈り物　091

第五章　執愛にくるわされて　123

第六章　懐しの庭園で乱されて　193

第七章　泡沫の夢と罰　226

エピローグ　251

世界に一つだけの甘美なデザート　267

あとがき　284

イラスト／池上紗京

執愛遊戯《ゲーム》

甘い支配に溺れて

プロローグ

これはただの遊戯――けして本気になってはならない。彼にとってはきっと全てが遊戯なのだから。結婚はおろか人生すら。

そう何度も言い聞かせてきたというのに、どうしようもなく溺れてしまった。

あの人は危険だと、最初から分かりきっていたはずなのに。

あの妖しくにおい立つかのような魅力にはどうしても抗《あらが》えなかった。否、一目見たときから囚《とら》われてしまった。

それをどうしても認めたくなくて、この期に及んでも、私は喉の奥からこみ上げてくる声を必死に堪《こら》えようとする。

だけど、ルビーのように強い輝きを放つ赤い双眸《そうぼう》が私を捕えて離さない。目の奥を覗《のぞ》きこまれ、胸の内まで見透かされてしまいそう。

「――っ」

咄嗟《とっさ》に目を逸《そ》らすが、顎を掴《つか》まれて挑むようなまなざしで射抜かれてしまう。

「なぜ目を逸らす。私を見なさい。君をこれほどまでに乱しているのは他でもない。この私だ。

目に心に、そして身体にしかと焼き付けるがいい」

「っく……ぅ……あぁ……」

奥深くを太いもので掻《か》き回《まわ》され、きつく引き結んだ唇から甘い声が熱いため息交じりに漏れ出てしまう。

彼はまるで鳥のさえずりにでも耳を澄ますかのように目を細めていったん動きを止めた。見た目の優美さからは想像すらつかない獣じみた息をついたかと思うと、再び動きを再開する。そのたびにベッドが軋《きし》んだ音を立て、私の唇からも嗚咽《おえつ》にも似た声が漏れ出てしまう。

奥深くに太い衝撃がはしるたびに、頭が痺《しび》れ視界がちらつく。

教会の教えに背くこんな恐ろしいこと——いつか罰が与えられるに決まっている。

理性は警鐘を鳴らすが、深い愉悦の高波にさらわれてしまい、本能が剥《む》き出《だ》しにされる。

刹那、背徳は媚薬へと変わり、ますます私をくるわせていく。

「ンッ！　あ、あぁあ……や、ぁああ……いや……」

口を両手で必死に抑えるも恥ずかしい声をあげてしまう。自分がこんな淫らな声をあげるなんて今まで想像だにしなかったのに。

「いい声だ。もっともっと乱れたまえ」

身体が折れてしまいそうなほどきつく抱きしめられ、速度を徐々に増していくがむしゃらな律動に翻弄される。

逞《たくま》しい肩が雄々しく動くたびに、彼のシルバーブロンドが波打ち、シャンデリアの光を反射して煌《きら》めく。

それに見とれながら、私は彼の下で身悶《みもだ》えるほかない。

今まで幾度となく抗ってはきたけれど、かえって彼はよりいっそう燃え上がり、獣のように私を貪り尽くしてその全てを支配してしまう。

「ンンン……あ、はぁ……んく……あぁあっ！」

突如、胸を力任せに掴まれ、さらなる鋭い突き上げにたまらず甲高い声を放つ。

その反応に彼は意地悪な笑みを口端に浮かべると、私の腰を抱え込み自重をかけてよりいっそう激しい侵略を開始した。

灼熱《しやくねつ》の塊が奥を押し広げてきたかと思えば、引く時には出っ張りに抉《えぐ》られ、大きく喘《あえ》いでしまう。

「っ⁉　ンっ……あぁ……や……やめ……ンンンッ。こんな……深く……駄目……」

「なぜだ？　深くすると君はどうなってしまうんだ？」

「——っ⁉」

知っているくせに。

彼はわざと知らないフリをして、私の耳に囁《ささや》いてくる。

熱い吐息に耳をくすぐられ思わず肩を跳ね上げてしまった私を嘲笑《あざわら》うかのように。不意に深くねっとりとした動きへと転じて。

「あぁ……」

もはや熱を帯びたため息しか出てこない。

彼は私の全てを承知の上で焦らしているのだ。

それが分かっているからこそ悔しくてならない。絶対に屈してなるものかという反抗心が悦楽の彼方《かなた》から頭をもたげてくる。

だけど、一番奥に獰猛《どうもう》な一撃がねじ込まれるたびにそんな考えはたちまち砕け、深く鋭い快感が全身を走りぬけていく。

「っく……う……ン、はぁ……はぁ……あぁあ」

突き上げてくる嬌声《きょうせい》を必死にこらえながら彼に貪られ続ける。幾度も解けてしまう唇を引き結ぶも、もはや限界に近い。

それでもけして大きな声を出してはならない。誰かに聞かれてしまえば、秘密が明るみに出てしまう。誰にも打ち明けることのできない秘密が――

「あぁ、やめて……ください。奥様に……知られてしまったら……とんでもないことに」

「構うものか。むしろ聞かせてやればいい」

「そ……んな……あ、あぁああっ！」

突き上げがよりいっそう激しくなり、私は背筋を弓なりにしてのけぞった。

胸を突き出す形となり、その乳房に彼がポーカーフェイスのまま歯をたてる。

「っつ⁉　あ、あ、あぁああンぁ……ぁ」

痛みと快感とがないまぜになり、刹那高みへと昇りつめてしまう。

だが、それでもなお彼の責めは一向にやまない。

獣のように乳房に歯を立て、淫らな音を立てて吸い上げながら、よりいっそう深く雄々しく身体を重ねてくる。執拗《しつよう》なまでに何度も何度も。

果てがないかに思える絶頂に朦朧《もうろう》とする意識の中、私は彼の動きに合わせて胸の上で跳ねるネックレスを握りしめ、全てを変えてしまった始まりの日を思い出していた。

あの日のオークションのことを——

第一章　運命のオークション

ドレスにタキシード――華やかな衣装に身をつつんだ紳士淑女のひしめくオークション会場で落ち着きなく辺りを見回している少女がいた。

紺地の詰襟にパフスリーブに長袖といった地味なドレスを着た彼女は、胸元にさげたロザリオのネックレスも相まってまるでシスターのよう。ロザリオ以外に宝飾品の類は一つもつけていない。

さながら歩く宝石の見本市と言っても過言ではない煌びやかな貴婦人たちの中で明らかに浮いている。

加えて、そのどこか思いつめた表情もこの華々しい場には相応《ふさわ》しくなかった。場違いな場所に迷い込んだというだけではない。何か特別な事情があるかのような、そんな表情だった。

（おばあさまのネックレスだけは、なんとしてでも競《せ》り落とさなくては……）

ゆるいウェーブがかった長いブロンドを高い位置で一つに束ねた少女、ルーチェ・アンジェロはロザリオを握りしめて胸の中で呟《つぶや》いた。

日の下では宝石のように輝くエメラルドの瞳も伏し目がちにしていては台無しだった。その大きな目を縁取るまつげは落ち着かなく震えている。

人が多く集まる場所は昔から苦手だった。

それでも、このオークションだけはどうしても参加しなければならない理由があった。

同じ女子修道院で教養を学ぶ親友のエヴァから、このオークションに祖母の形見のネックレスらしき品が出品されるらしいと知らされ、王都カルフェアの郊外にあるシュノン城のホールまで駆けつけたのだ。

はるか東洋の国で作られた珍しい螺鈿《らでん》細工の蝶《ちょう》の形をしたネックレスは、祖母が新婚旅行で購入したものでそう高いものではない。

恐らく一〇万シルバーも出せばお釣りがくる。その程度の宝飾品だった。一〇万シルバーの宝飾品といえば、小さくて安価な宝石を一粒あしらったアクセサリーをようやく購入できるかどうかという金額であり、オークションでも一番最初に競りにかけられるというから、本日取り扱われる品々の中でも最安値と予想できる。基本的にオークションでは、競り落とされる金額が低いと予想されるものから出品されるのだ。

「ルーチェ、おばあさまのネックレスだといいわね」

「ええ、ありがとう……珍しい異国の品だから、まず間違いないと思うのだけど……」

エヴァの実家へと送られたオークションのカタログの目録をもう一度読み直してから、ルーチェはエヴァに頷《うなず》いてみせる。「螺鈿細工の蝶の形を模したネックレス」とそこには書かれてあった。

女子修道院では宝飾品の類を身につけることは禁じられているため、祖母の形見のネックレスと指輪を亡き両親が遺《のこ》した古城の宝物庫に保管していたのだが、何せあちこちガタがきていて、盗みに入られてしまったのだ。

維持費ばかりかさむ古城――めぼしいものなんてほとんどない城なのに、盗みに入ってどうしようというのだろうか？　ルーチェは不思議でならなかったが、没落貴族のなけなしの財産すら根こそぎ盗《と》られてしまったことには変わりない。

その中には幾ばくかの金貨など、金目のものも含まれていたが、ルーチェにとっては祖母の形見を盗まれたことが一番ショックだった。

蝶の形をあしらった螺鈿細工の指輪とネックレスは、祖母に可愛《かわい》がってもらったたくさんの思い出が詰まったまさに唯一無二の宝物。

なんとしても取り戻すために、ルーチェは苦渋の決断をせざるを得なかった。

全ての財産を奪われ、ついに維持費を支払えなくなった古城を手放したのだ。

本当は手放したくはなかったが――修道女学院にて教養見習いの身の上でありながら莫大《ばくだい》な維持費を支払う余力がルーチェにあるはずもなかった。

（せめておばあさまのネックレスと指輪だけは取り戻したい……なんとしても……）

業者に足元を見られて買いたたかれはしたものの、城を売ったためそれなりのまとまった金額が手元にある。

一〇万シルバーもしないネックレスくらいさすがに競り落とせるはずだ。

（オークションの入札の方法はエヴァに習ったし……落ち着いて臨めば大丈夫……）

場の雰囲気に呑まれそうになりながらも深呼吸を繰り返す。

と、そのときだった。

不意に周囲がざわつき顔をあげたルーチェの目に飛び込んできたのは、裾の長いフロックコートを羽織った銀髪の青年の姿だった。

一目見た瞬間、ルーチェは目を奪われてしまう。

光の加減で時折ルビーのように赤く輝く目。シルバーブロンドの長髪とのコントラストも相まってミステリアスかつ妖艶な雰囲気を醸し出している。

男性には似つかわしくない言葉ではあるが、その紳士は男の色香というべき空気を身にまとい、口端に浮かべたどこか退廃的で皮肉っぽい微笑《ほほえ》みはその妖艶さを一層際立たせていた。

上背は高く肩幅は広く、男らしい体格をしていながら、その顔立ちは女性とは見まがうほど繊細な造りをしている。

一瞬、彼と目が合った気がして、ルーチェはその場に固まってしまう。

が、すぐさま目を逸らした。

（気のせいよ……自意識過剰にも程があるわ……）

そう言い聞かせるも、頬が火で焙《あぶ》られたかのように熱く息も乱れてしまう。今までにない自身の反応に動揺せずにはいられない。

オークショニアが慌てふためいて彼を出迎える様が目の端に入る。

銀髪の紳士の従者だろうか？　モノクルをかけ黒のタキシードに身を包んだオールバックの青年が主の代わりにオークショニアに何やら説明しているようだった。

（お得意様なのかしら？）

まっすぐ見ることはできないが、そわそわと気にしていると、隣でエヴァがうっとりとしたため息をついて呟いた。

「あぁ……まさかシルヴィオ様がいらっしゃるなんて。なんてラッキーなの……」

「……有名な方なの？」

「ええ、それはもうっ！　世界中の稀少な品々を収集なさっている大富豪だもの。シルヴィオ様に競り落とせないものはこの世にはないって噂よ。『貴婦人の涙』って知ってる？　世界にたった一つしかない三〇カラットのインペリアルダイヤモンドをつかったネックレス。あれもシルヴィオ様が落札なさったのよ。ほら、オークショニアが平身低頭！　大急ぎで特別席を準備してるわ。当然よね」

「………………」

興奮気味に耳打ちしてくる親友の言葉はどれもルーチェにとっては縁がないものばかりで、いまいちピンとはこないが、彼が自分とはまったくの別世界に住む人だということだけは伝わってくる。

「それにしてもいつもは大きなオークションに足を運んでらっしゃるのに、こんな小さなオークションに足を運ぶなんて珍しいわね。ああ、シルヴィオ様がいらっしゃるって知っていたらもっと素敵なドレスを着てきたのに……」

十分素敵だと思うけれど……と、ルーチェは胸の中で呟き、それから自分のくたびれた簡素なドレスが急に恥ずかしくなり、今すぐこの場から立ち去りたいような心地に駆られる。

エヴァの家は今も広大な土地を持ち、ことさら巨大なワイナリーから莫大な収益を得ている現役貴族。対する自分は没落の身。比べること自体が間違っている。

（居心地の悪さも少しだけの我慢だわ。おばあさまのネックレスさえ落札できればすぐに退出すればいいだけだもの……）

ルーチェはロザリオを手にした震える両手をきつく組み合わせると目を瞑《つぶ》った。

急に時間の流れを遅く感じる。

ややあって、オークショニアが壇上へと登ると、ざわついていた会場は静まった。

「本日はお集まりいただきありがとうございます――」

挨拶に続き、オークションの方法について説明していく。

ルーチェは必死にうんうんと頷きながら説明に耳を傾ける。心はざわめいたままだったが、本来の目的がおろそかになっては本末転倒だと自分に言い聞かせて。

だが、不意に視線を感じて顔をあげると、壇上に急遽《きゅうきょ》設けられた特別席に座ったシルヴィオが薄い笑いを浮かべて目を細めるのが目に入る。

「っ⁉」

心臓が強く脈打ち、ルーチェは慌てて彼から目を逸らした。

（どうして……そんな目で私を……）

質素な身なりが滑稽だからだろうか？

いたたまれない思いに唇を噛みしめ、眉をひそめる。

「ねえっ！　シルヴィオ様がこっち見てる気がしない？」

「えっ⁉」

エヴァに浮かれた声で囁かれ、ルーチェはぎくりとする。

見れば、エヴァは大きな羽をあしらった髪飾りを整えながら頬を紅潮させていた。

（……そうよね。きっとエヴァを見ているんだわ……とても可愛いもの……）

彼女は特別な美人というわけではないが、ふっくらとした頬は淡く色づき、なによりも人懐こい笑顔がチャーミングで昔から男性に人気がある。

自分を見ているはずがない。そう思い直すとルーチェは苦笑する。

気になる相手が自分を見ている――その反応一つですらエヴァと自分はこんなにも違うのだと思い知らされる。

（もっとエヴァを見習って前向きにならないと……）

ルーチェはため息をつくと、ちらりとシルヴィオに目を運んだ。

すると、なんと彼は両方の口端をあげて会釈をしてきたのだ。

「っ⁉」

慌ててルーチェは弾《はじ》かれたように再び目を逸《そ》らす。

（本当に……気の……せいよね？　どうして？）

動揺しているうちにオークショニアの説明は終わり、いよいよオークションが開始した。

「最初のお品はこちらにございます。東洋のアンティークネックレス。螺鈿細工が美しい珍しい一品です。宝石こそあしらわれておりませんが、大変希少なデザインのお品でございますのでちょっとした贈り物にいかがでしょうか？」

オークショニアがよく通る声で宣言すると、ネックレスを高く掲げて周囲へと見せる。

ルーチェはそれが間違いなく祖母の形見だとの確信を得る。単によく似たデザインの品でないかとも疑ったが、祖母のネックレスは蝶の羽の一部の螺鈿細工が剥《は》げた箇所があり、その一致で見分けがついた。

「間違いないわ……おばあさまのネックレス……」

「本当に⁉　よかった！　それじゃ絶対に落札しないと。頑張ってね！」

「う、うん……」

エヴァに激励され、ルーチェは膝の上のパドルを強く握りしめた。

「まずは一万シルバーから――」

オークショニアが宣言するや否や、誰よりも早くパドルをあげる。

まだ相場より安値なため、次々とパドルがあがっていくが、ルーチェはすかさずパドルをあげて高値を更新していく。

絶対に競り落としてみせる。その一心でパドルを上げ続ける。

緊張と興奮とがないまぜになり、口の中がカラカラに乾く。

そして、いよいよ相場より少し高めの値段、一五万シルバーまで達したところでようやく入札の動きが止まった。

「現在、十五万シルバーです。他にいらっしゃいませんか?」

オークショニアがビッダーの目をかわるがわるに見ながら尋ねた。

ルーチェは緊張の面持ちで息を詰めると、祈るように壇上を一心に見つめる。

「では――他にいらっしゃらないようなので……」

落札を知らせるハンマーをオークショニアが打ち下ろそうとしたそのときだった。

ハッと息を呑むと、その手を止める。

「――っ⁉」

ルーチェは強張《こわば》った表情で彼のまなざしの先を追った。

そこには、ブーツを履いた長い足を組み、まるで王のように悠然と革張りの肘掛ソファに腰掛けたシルヴィオの姿があった。

パドルをあげてはいない。肘掛に添えた手の人さし指を立てただけ。

素人目には入札の意志があるかどうかは分からない。

だが、オークショニアは彼の強いまなざしとわずかな動きからそれを読み取ったのだ。

「たった今、二五万シルバーの入札が入りました。他にございませんか?」

「………」

まさかの入札の更新に場内がどよめいた。

シルヴィオとルーチェとに好奇の視線が注がれる。

だが、当のルーチェは自分が衆目を集めていることにすら気付く余裕はなく、茫然自失となっていた。

（嘘《うそ》でしょ？　いきなり一〇万も上乗せしてくるだなんて……一体どうして⁉　そんなに価値があるものではないのに……）

困惑に眉根を寄せてシルヴィオを見つめる。

しかし、彼は涼しい表情をしたまま。そこからはどんな思惑も読み取れない。

「——さあ、いかがいたしましょう？」

オークショニアに声をかけられて、ようやく我に返る。

「……二六万……シルバー……」

パドルをあげると震える声で告げた。

だが、すかさずシルヴィオがまるで指揮棒《タクト》でも振るかのように人差し指をついっと動かして
さらに入札をかぶせてくる。

「三〇万シルバー、他にいらっしゃいませんか？」

「…………」

ルーチェは青ざめ言葉を失う。

まさかの高値更新が続き、会場は騒然となる。

いかにも場違いな質素な身なりをした少女に対峙《たいじ》するは、あの広く知られた大富豪シルヴィオ。しかも、その品は宝石すらあしらっていないネックレス。

もしかしたらものすごく価値がある隠れた名品の類、掘り出し物なのかもしれないと、入札を諦めたはずの人々が彼につられて入札を再開した。

想像だにしなかった展開にルーチェは唇をきつく噛みしめる。

つい先ほどまでの胸の高揚もどこへやら、冷やかな思いに胸が凍りつきそうになる。

(私……もしかしてからかわれているの？　だけど、よりにもよって……おばあさまのネックレスでだなんて……)

そうこうしているうちにも、どんどんと値はつりあがっていき、会場は異様な熱気に包まれていく。

その熱気にあてられてルーチェは眩暈《めまい》を覚える。

ものの価値というものは、これほどにも簡単に変わるものなのだろうか？

なぜ価値以上のお金を払ってまでこうも手にいれたいと願うのだろう？　自分のように特別な事情もないのに……。

シルヴィオの入札によって人々の心はたやすく乱された。

今や憶測と欲望とが複雑に交錯し肥大していき、渦《うず》となって会場全体を包み込んでいる。

(恐ろしい人……)

入札が殺到する状況をシルヴィオは愉《たの》しげに眺めていた。まるでオペラでも観《み》ているかのように。

ルーチェはシルヴィオに非難のまなざしを向ける。

すると、彼が目配せをよこしてきた。まるでこのオークションから降りるようにとでも言うかのように。

驚きと憤りのあまり、一瞬息ができなくなる。

「……ルーチェ、大丈夫？　落ち着いて……きっとこれは何かの間違いよ……」

「間違いでも……絶対に取り戻すって決めてるから……」

「駄目よ、無理はしないで……」

「…………」

エヴァの忠告に従って、このまま引き下がるのが正しいに違いない。

だが、ここまできて――祖母の形見を前にして引き下がるわけにはいかない。

鼓動が加速し、全身の血が沸騰する。

気が付けば、ルーチェはパドルを高々と突き上げるように掲げ、勢いあまってその場から立ち上がってこう叫んでいた。

「八千万シルバー！」

と。

いきなりの桁違いの入札に、あれだけ熱狂の渦に包まれていた場がしんと静まり返る。

八千万シルバー。それはルーチェにとっての全財産だった。両親から譲り受けた城を売って得たものだった。

「っ⁉　ルーチェっ⁉　何を言っているの⁉　バカなことを……取り下げなさい！」

エヴァがルーチェを力づくで座らせようとし、パドルを下げさせようとする。

だが、ルーチェはその場に立《た》ち竦《すく》んだまま、シルヴィオから目を離そうとしない。

両親には申し訳ないが、今まで城の維持費を捻出するのにも苦労しながら、そんな素振りも見せずに自分を大切に育ててくれた祖母のことを思うと、どうしても諦めるわけにはいかなかった。加えて、両親の城を守りきることができずに手にいれた大金に対する後ろめたい気持ちもあって、ルーチェは清々《すがすが》しい表情をしていた。

さすがにここまですれば皆諦めるに違いない。そう確信していた。

だが、そのときだった。

シルヴィオがため息を一つつくと、長い指をついっと動かした。

それを目にしたオークショニアまでもが一瞬言葉を失う。

（……まさ……か……嘘でしょ？）

ルーチェは慄《おのの》き目を見開く。

その次の瞬間、オークショニアの宣言が彼女を絶望の奈落へと突き落とした。

「たった今一億万シルバーの入札が入りました！」

オークション会場に衝撃がはしり、そのどよめきが古いシュノン城のホールを揺らした。

「…………」

全ての音という音が遠のき、ルーチェの頭の中は真っ白になる。

「他にございませんか⁉」

オークショニアの声かけにも、もはや応じることはできない。

「それでは、一億万シルバーで落札いただきました！」

ハンマーが三度打ち下ろされ、場内は熱狂的な拍手に包まれる。

その拍手はオークションを制したシルヴィオへと送られたもの。彼は椅子に腰かけたまま、右手をあげて拍手に応じていた。

しかし、その目はルーチェを射抜いたまま——

一方のルーチェはそんなことに気付く余裕もなく、その場に崩れ落ちていった。

第二章　誘《いざな》いのルーレット

（あれは悪い夢よ……そうに決まってる……）

ルーチェは自分に何度もそう言い聞かせていた。

だが、くたびれきった心身がそれが夢でないことを無言のうちに物語っていた。

ただし、昨日の記憶のほとんどは抜け落ちていた。気が付けば女子修道院の寮のベッドの中にいたのだ。

夢と現実との間を彷徨《さまよ》っているような感覚のまま朝の礼拝と食事を終え――縫物の奉仕作業にとりかかったとき、エヴァがしびれを切らしたかのように隣に腰かけ、心配そうに耳打ちしてきた。

「ルーチェ、大丈夫？　昨日はよく眠れた？」

「ええ」

頷いてみせると、エヴァはため息混じりに胸をなで下ろしてみせた。

「礼拝も食事も私語厳禁だし、ずっと気になってたけどなかなか話しかける機会がなくて。すごく心配したんだから」

「……その……昨日のこと、私あまりよく覚えてなくて……」

「まあ、無理もないかも。かなり憔悴《しょうすい》しているようだったし。オークションのこと、まったく覚えてない？」

「……っ⁉」

オークションという言葉に全身に震えが走る。刹那、昨日の記憶が瞬く間に蘇《よみがえ》る。

「いつっ……」

手元がくるい、針を指に刺してしまう。

それを見たエヴァがすかさずハンカチを差し出した。

「さすがに大丈夫じゃなさそうね。その様子じゃ……」

「ごめんなさい……その……いろいろ迷惑かけてしまって……」

「私のことは気にしないでいいから。もっと自分の心配をしてちょうだい」

エヴァに背中を優しく撫《な》でられているとだいぶ落ち着いてきて。ルーチェは深いため息をつくと、改めて昨日の出来事を振り返る。

休日、エヴァの実家に行儀見習いも兼ねて遊びにいくということにしてなんとか外出許可をとりつけた。その本当の目的はオークション。祖母の形見のネックレスを競り落とすため。

だが、ネックレスを競り落とすどころか、大変な騒ぎを起こしてしまったのだ。

オークションがあんなに怖いものだとは知らなかった。

極度の緊張、異様なまでの高揚感――そして、シルヴィオのミステリアスな赤い瞳と退廃的な雰囲気、皮肉めいた笑いを思い出すや否や胸がぎしりと軋む。

生まれて初めて覚えた甘いときめきは、苦々しいものへとすっかり変貌を遂げていた。

そのことが思った以上に心に重くのしかかってきて、驚かずにはいられない。

「……本当にバカだったわ。一体何を考えていたのかしら」

「まあまあ、ルーチェって結構過激なトコもあったのね。知らなかったわ」

「……私もよ」

神妙な面持ちで心の底から同意を示すルーチェにエヴァが思わず吹き出してしまう。

「――静かに」

「申し訳ありません、シスター」

監督役のシスターに厳しく注意され、二人は口をつぐんで小さくなる。

が、シスターが書き物に戻ったのを見計らうとすぐにまた小声でおしゃべりを再開した。

「どちらにせよ、よかったじゃない……最悪の状況は防げたのだもの……」

祖母のネックレスを落札できなかったことは悔しいが、確かにエヴァの言うとおりには間違いなくて、ルーチェは苦笑しかできない。

「シルヴィオ様の入札がなければ無一文になっていたのだもの。心臓に悪いったら」

「ええ、そう……ね」

頭を冷やして改めて考えると、さすがにあれはやりすぎだった。なぜあんなにも極端な真似《まね》に出てしまったのか自分でも分からない。

まさか城一つ分の大金をネックレスに賭けてしまうなんて。

気がつけば何者かに衝《つ》き動かされるように席を立ちあがっていた。

人見知りするほうだし、悪目立ちする行為は極力慎んできたはずなのに……。

あのときの我を失った自分を思い出すだけで死ぬほど恥ずかしくなる。

なにせ有名人であるシルヴィオに喧嘩《けんか》を売ったようなもの。妙な噂《うわさ》になっていてもおかしくない。

「おばあさまのネックレスは残念だったけれど……またきっと手に入る機会があるかもしれないし……ね？」

「……ええ」

エヴァの励ましに力なく頷いてみせる。

自分を気遣ってくれての言葉はありがたいと思うが、そんな機会などないだろう。

あれほどまでに高値で競り落とされてしまったものが本来の値段に戻るとは考えづらい。

シルヴィオが恐ろしいほどの高値で落札したという付加価値が大きく上乗せされてしまい、あのネックレスはもはや自分の手には届かないものとなってしまった。

まだ子供だった頃、祖母に何度もねだって特別なときだけつけさせてもらっていた。そんな懐かしくも温かな思い出と同時に祖母を看取《みと》る際のやりとりまでもが思い出され、鼻の奥がツンと痛む。

と、そのときだった。

「ルーチェ、貴方《あなた》に面会だそうです。至急、面会室に向かいなさい」

先ほど注意してきたシスターが血相を変えて二人の元へとやってくると、ルーチェへそう告げた。

いつも厳格で物静かなシスターらしくない狼狽《ろうばい》っぷりに生徒たちは驚き、互いに顔を見合わせて首を傾《かし》げる。

一方のルーチェは身よりもない自分に面会をのぞむ相手に思い当たる節はなく、人間違いではないかと戸惑っていた。

「あの……本当に私に……ですか？」

「そうです！　いいから早くっ！　お待たせしてはなりません！」

「は、はいっ」

声を荒げるなんて滅多《めった》にないシスターのただならない様子にルーチェはよりいっそう狐《きつね》につままれたような思いで部屋を後にした。

ж　ж　ж

シスターに伴われて面会室に通されたルーチェは、自分の目を疑うと同時にシスターの狼狽の理由を知る。

（なぜこの人がここに？）

東洋人の血が混ざっているのだろう。エキゾチックな印象を与える面長の美丈夫が懐中時計を睨んで苛立ちも露わに面会室の中を歩き回っていたのだ。昨日、シルヴィオに付き従っていた青年だった。

黒髪をオールバックに整えた彼の切れ長の目は、モノクル越しに常に何かを睨んでいるような厳しい印象を見る者に与える。

すらりとした体つきにアスコットタイに黒の上着といういでたちで、長い足がブーツによってより強調されている。

「カスト様、お待たせいたしました。ルーチェ・アンジェロを連れてまいりました」

「ええ、まったく。シスターの方々は時は金なりという言葉をお忘れのようですね。世俗とかけ離れた世界に暮らしていると、そうなってしまってもいた仕方ないのかもしれませんが」

あの厳格なシスター相手に冴《さ》えわたる彼の毒舌にルーチェは目だけではなく耳までおかしくなってしまったのではないかと疑いにかかる。

「……申し訳ございません。面会のための手続きが少々煩雑でして」

「少々？　こんなことで謙遜されても困りますが――」

カストという青年は腕組みをして冷笑を浮かべると歯に衣着せぬ皮肉を口にし、わざとらしく深く長いため息をついてみせた。

きつい言葉で責められ困惑しているシスターを愉《たの》しげに見つめながら。

その切れ長の目には嗜虐《しぎゃく》の色が明らかに滲《にじ》み出《で》ている。

「それで、まさか彼女の外出許可の手続きもこれ以上の時間がかかるというのではないでしょうね？」

「……外出許可？」

思わずルーチェが驚きを口にすると、カストは片眉だけをあげて彼女を睨みつけてきた。まるでおまえは黙っていろと言わんばかりに。

彼の無言の圧に、ルーチェはシスター以上に気圧《けお》され委縮してしまう。

「お言葉ですが、我々は親御さんから大事なお嬢様をお預かりしているのです。何事も慎重にしなくてはならないのです」

「彼女に身よりはいないでしょう？　ならば誰を相手に慎重にするというのですか？」

「っ⁉」

カストの言葉がルーチェの胸にぐさりと突き刺さる。

なぜ彼がそんなことを知っているのだろう？　主《あるじ》が調べさせたのだろうか？　しかしそうだとしても一体なぜ？

頭の中が疑問符で埋め尽くされる。

「とにかく彼女はお借りします。ご不満がございましたら我が主へどうぞ」

有無を言わせない口ぶりで言いきると、カストはルーチェの頭から足のつま先までを無遠慮に眺めてきた。

そして、顎に手をあてると眉間に皺《しわ》を寄せて呟く。

「さすがにこのままの格好ではあんまりすぎますね。少し整えますか」

「……あんまり……すぎ……」

面と向かってこんなことを口にする人種がいるなんて思いもよらず、ルーチェはいちいち敏感に反応してしまう。

だが、カストはそんなことをまったく気にするそぶりも見せずに、「では、参りましょう」とだけ言い残して立ち去っていく。

「ま、待ってください！」

我に返ったルーチェはシスターに会釈をしてから、慌てて彼の後を追っていった。

Ж　Ж　Ж

ルーチェの身なりをドレスの仕立て職人の元でいったん整えさせ、カストが向かった先は王都の中心部にあるカジノだった。

歴史ある邸宅を改装した大広間には、見事なカッティングのクリスタルを数多くあしらった豪奢《ごうしゃ》なシャンデリアに、金の優美なモールドに縁《ふち》どられた大きな鏡があちらこちらの壁に飾られている。

オークション会場に使われたシュノン城とはまた異なった絢爛豪華《けんらんごうか》な雰囲気にルーチェは圧倒されてしまう。

（……この空気……あのオークションのときと同じ……）

さすがにあれほどまでではなかったが、同じ種の空気を肌に感じてぶるりと身震いする。

一見、着飾った紳士淑女が穏やかに談笑しながらルーレットやカードゲームに興じているように見えるが、時折あの恐るべき熱狂が垣間見られる気がして怖くなる。

「あの……カストさん……なぜ私をこんなところへ？」

「貴女《あなた》の頭は飾りですか？　憶測という言葉すら知らないのですか？」

「…………」

カストに冷ややかに回答を拒絶され、ルーチェはそれ以上尋ねることはできずに彼の後をついていくほかない。

（あの方が私にどんな話があるというの？　もうオークションは終わったのに……勝利を自慢しようとでも言うのかしら……）

考えを巡らせてはみるものの まったく分からない。不安は肥大していくが、その奥に潜む一抹《いちまつ》の期待に気づいてしまって顔をしかめる。

（あんなひどい人……会いたくもないはずなのに……）

それなのに胸の高鳴りは加速していくばかりで、自身の反応に戸惑う。

ややあって、カジノの一番奥まった場所に彼の姿を認めた瞬間、心臓がどくんと跳ねた。

シルバーブロンドに赤い瞳、黒のフロックコートにアスコットタイ。優美さと男らしさを兼ね備えたシルヴィオの姿に胸が切なく締め付けられる。

その瞬間、彼と目が合った。

シルヴィオは目を細めると口端をあげてみせる。その意地悪な微笑みはあまりにも蠱惑的《こわくてき》で。ルーチェは戦慄すら覚える。

彼はシャンパンを片手にルーレットに興じているようだった。

「シルヴィオ様、ルーチェ嬢をお連れしました」

「ご苦労。ルーチェ嬢、いきなり呼びつけるような真似をして悪かった――少しでも早く君と会いたくてね」

「……い、いえ……めっそうも……あり、ません……」

まったくそのとおりだと思ったが、いざ彼を目の前にすると、口が勝手に気弱な発言をしてしまう。

生まれながらに人の上に立つカリスマを持つ人はどうも苦手で萎縮してしまうのだ。そういう自分が情けなくて自己嫌悪に陥るのが常だった。

「カストの見立てかね。そのドレスはとてもよく似合っている。見違えた――美しい」

「……それは……どうも……」

彼の視線を感じて、ルーチェはさりげなく胸元を手で隠した。

基本的に詰襟《つめえり》の質素なドレスしか着たことがなくて、これほどまでに大胆に胸元が開いたタイプのものは初めてだった。

胴部とウエストをコルセットできつく絞られ、大きな胸がことさら強調されてこぼれんばかり。そんな姿を衆目にさらすなんて恥ずかしすぎる。

髪も夜会巻きに結い上げられており、うなじや剥き出しになった背筋が心もとない。加えてドレスのスカート部分には深いスリットが入っており歩くたびに足が露出してしまう。

普段、修道女学院でつましい生活を送る身にとってはあまりにも扇情的な恰好《かっこう》だった。

とはいえ、あのカスト相手に意見できるはずもなく――また、そうしたところで冷徹に却下されるだろうことは容易に想像できるため、素直に従うほかなかったのだった。

もしかしたら従者と主というのは似てくるものなのだろうか？

他人に命令し慣れている人物特有のカリスマと何を考えているか読めないポーカーフェイスは、カストとシルヴィオの共通点のように思える。

「あの……それでお話って……何でしょう？」

「急がずともいい。夜はまだ長い――」

「っ⁉」

シルヴィオの意味深すぎる言葉にルーチェは息を呑む。

（よ、夜って……一体、何をなさるつもりなの……。門限だってあるのに……）

「大丈夫だ。君は何も心配しなくともいい。カストが全ていいように取り計らう」

ルーチェの動揺を表情から読み取ったシルヴィオがカストを一瞥《いちべつ》すると、彼は歪《ゆが》んだ微笑みを浮かべて頷いてみせた。

その腹黒い笑いと面会室でのシスターとのやりとりとを考えると、確かに彼の言うとおりに違いない。何も心配する必要はないはず。それなのに、やはり彼の言葉が妙に気になってしまい戸惑いを隠せない。そんなルーチェの手をとると、シルヴィオは自分のほうへと引き寄せた。そして、彼女の背後に立ちルーレットのほうへと向かせた。

（近い……近すぎ……）

彼のつけている爽やかな香水が仄《ほの》かに香り、ルーチェは眩暈を覚える。彼と密着している背中が燃えるように熱い。

「――ルーレットの経験はあるかね？」

「っ⁉」

不意に耳元で色香を帯びた低い声で囁かれた瞬間、背筋に電流がはしる。

「い、いいえ……」

「もったいない。君には才能があるだろうに――」

「……才能？」

「ああ、賭け事の才能だ」

「っ⁉　あ、あれは……その……つい勢いで……」

シルヴィオの言わんとすることに気づき、慌てて否定しにかかる。

すると、彼は彼女の両肩に手を置いたまま言葉を続けた。

「勢いでも大したものだ。なぜあんな大きな勝負に出たのかね？　この私に勝てるとでも思ったのかね？」

「そんなつもりはけして！　ただ……必死だっただけで……」

「なぜだ？」

「…………」

彼の香りと熱、囁きに翻弄されている状態でまともに頭が働くはずもない。

ルーチェが答えあぐねていると、不意にシルヴィオが背後から彼女の顔を斜め上へと向かせて覗《のぞ》き込《こ》んできた。

赤い双眸《そうぼう》に射抜かれ、ルーチェは熱いため息をついてしまう。

「いい子だから答えなさい」

彼に穏やかな声で命令された瞬間、形容しがたい興奮の渦に呑み込まれた。

「あ……ぁ……」

無意識のうちに上ずった声が唇から洩《も》れ出《で》てきてしまい、羞恥に頬が熱く火照る。

「どうしたのかね？」

シルヴィオは彼女の身体を背後から抱きすくめると、耳元に熱い息を吹きかけつつ意地悪な口調で尋ねてきた。

否、尋ねるといった表現は正しくない。ルーチェは彼に淫らな言葉で責められているような感覚にうろたえていた。

ハスキーで重厚な声が鼓膜へと沁《し》みていき、下腹部のほうへと響いていく。

居ても立っても居られない心地に駆られ、彼の魔手から逃れようと身を捩《よじ》る。

しかし、背後から強い力で抱きしめられてはどうにもできない。

まるで蜘蛛《くも》の巣にかかった蝶のよう。もがけばもがくほど、蜘蛛の糸に四肢を絡め取られ、よりいっそう動きを封じられてしまう。

「なぜ逃げようとする？　私の質問に答えたまえ」

「あ、あぁ、だってこんな……状態では……とても……」

「どういう状態なのかね？」

「っ⁉　そ、それ……は……」

言葉に詰まるルーチェをシルヴィオは愉しげに眺め、彼女の震える下唇を親指でつっとなぞりあげた。

むず痒《がゆ》くも妖しい快感がはしり、ルーチェは肩をびくっと跳ねあげてしまう。

刹那、彼の赤い瞳に欲望の炎が煌々《こうこう》と燃え上がった。

（……質問に答えないと）

このままではとんでもないことになってしまいかねない。本能がそう警鐘を鳴らしてきて、ルーチェは必死に喘《あえ》ぎあえぎではあるが彼の問いに答えた。

「あれは……祖母の……形見の一つで……盗まれたものを……ようやく見つけて……」

「──そうだったのか」

答えを聞き出したシルヴィオは真顔になると、しばし黙り込み遠い目をして何事かに思いを馳《は》せているようだった。

そのどこか寂しげな表情にルーチェは目を奪われる。

大人の余裕と自信とに満ちた彼のものとはとても思えない。その理由を知りたくなる。

「あれほどの大金を賭けてもいいと思えるほど、君にとっては特別なものだったのか」

「……もちろんそれくらいとても大事なものです。だけど、あのときは……正直ワケが分からなくなってしまって。さすがにやりすぎたと思っています……」

「恐らく君は魔物に魅入られたのだろうな」

「魔物……ですか？」

「ああ、賭け事に潜む恐るべき獣だ。人を狂わせ時に破滅させる――」

「…………」

思い当たる節があるルーチェは背筋が寒くなる。

（もしかしたら……私も破滅するところだったのかしら……）

一歩間違えればそうなっていたに違いない。彼が自分のとんでもない入札を上回る入札をしてさえいなければ。

エヴァにも指摘されていたことだったが、ようやく自分がとんでもない危機に瀕《ひん》していたのだという実感を改めて得て、震えが止まらなくなる。

ネックレスを競り落とすことができなかったときには、彼に憤り絶望の奈落へと突き落とされたかのように思えたものだ。

しかし、それは逆だった。

彼こそ自分を危機から救ってくれた恩人だったのだ。

「巻き込んでしまって……申し訳ありません……私のために……」

「ああなってしまった以上は仕方あるまい。最初はほんの戯れのつもりだったのだが――まさか君があそこまで極端な入札にはしるとは思ってもみなかった。それを見抜けなかった私の落ち度だ」

「………………」

一言も自分を責めようとはしないシルヴィオにルーチェはいたたまれなくなる。

「まさかそれほどまでに大切なものだったとは知らなかった。知っていたならば戯れにでも入札はしなかった。持っていきたまえ」

「っ⁉」

首元にひやりとした感覚を覚えて目をやると、そこには祖母の形見のネックレスが輝いていた。シルヴィオがルーチェはシルヴィオがルーチェの首へとかけたのだ。

そこで始めてルーチェは彼が自分を呼び寄せた理由を知って慌てふためく。

「そ、そんな……駄目です！　受け取れませんっ！」

「遠慮することはない。元々こうするつもりだったのだから――受け取ってくれたまえ」

「それはできません！　あんなにも大金で購入されたのに……」

「大した額でもない。私は久々に良い競りができて満足しているのだよ。その対価だと思えばよいだろう？」

「………………」

まさかそんな申し出をされるとは思いもよらず、ルーチェは愕然《がくぜん》とした。

確かに彼にとっては自分の全財産を上回る金額ですら、大したことのない額なのかもしれない。しかし、だからといってその言葉に素直に甘えてしまえるような性分ではない。

「駄目です！　あの……両親のお城を売ったお金があります。せめてそれを受け取ってください！　差額は……その……少しずつでもお返ししていきます。何か……私にできることがあればよいのですが……」

「必要ない」

「でも、それじゃさすがに私の気が済みません！　申し訳なさすぎて……私にできることであればなんでもしますから！」

気が付けば、彼の腕の中で必死にそう訴えていた。

あれほどまでの大金、自分が一生働いたとしても返せそうにはないが――せめてそうでも言わなければ気が済まなかった。

「………」

刹那、シルヴィオは渋面を浮かべると押し黙る。

「そんな言葉を軽々しく口にするものではない。いけない子だ」

重い口を開いた彼の声色には得体の知れない恐ろしい響きがあり、ルーチェは慄《おのの》くと同時に胸が妖しく締め付けられ、熱い吐息を洩《も》らした。

「どんな命令をされたとしても、君は従えるとでも言うのかね？」

彼の皮肉めいた冷ややかな微笑みは明らかに何かよからぬことを企《たくら》んでいる風に見える。

（……一体……どんな命令をされてしまうのかしら……）

甘く危険な響きを持つ彼の声につい妙な想像を掻《か》き立《た》てられてしまい、心臓がどくんっと太い鼓動を刻んだ。

ルーチェはくるおしく高鳴る胸を押さえながら、恐るおそる頷《うなず》いてみせる。頷いては駄目だと分かってはいるのにまるで妖しい魔法にでもかかってしまったかのように抗えない。

「……まったく……君にはつくづく驚かされるな」

シルヴィオは眉間を指で揉《も》みながら深いため息をつき首を左右に振ったかと思うと、ルーチェの顎を掴んで彼女の目の奥を覗き込んだ。

「撤回するのなら今のうちだ。これは警告だ」

「っ⁉」

刃《やいば》のような怜悧《れいり》なまなざしに貫かれ、ルーチェは固まってしまう。

警告などという物騒な言葉を使う彼の本意を赤い瞳に探るが、一向に読み取ることはできない。

引き込まれているうちに、彼の苦悩を帯びた端正な顔が迫ってきて――おもむろに唇を奪われてしまう。

「……っ⁉　ン⁉　ンン……」

まさかこんな場所でキスされるなんて。思いがけないことに混乱する。

衆目がある場だというのに。彼はただでさえ人の目を引き寄せてしまうのに。

「ン、や……あぁ……」

咄嗟《とっさ》に顔を背けて彼の唇から逃れようとする。

だが、シルヴィオは彼女を逃さない。まるで一度捕えた獲物はけして逃さない野獣のように何度でも唇を重ねてくる。

逃れてもなおも執拗《しつよう》に追いかけてくる狩人《かりうど》にルーチェはされるがままだった。

彼が先ほどまで飲んでいたシャンパンの香りに酔いしれそうになる。

「ンン……はぁはぁ……あ、あぁ……」

驚くほど滑らかな塊が強引に侵入してきて、舌を絡めとってくる。

舌同士が絡み合うたびに妖しい悦楽が身の内で爆《は》ぜ、ルーチェの理性を蕩《とろ》けさせていく。

知識として、キスというものはあくまでも唇を重ね合わせるものだとばかり思っていた。

まさかこれほどまでに官能的なものだったなんて。

ルーチェは全身を甘やかに波打たせながら、彼にされるがまま貪られてしまう。

「何でもすると言っておきながら、私に唇を捧《ささ》げるのは嫌かね？　なぜ逃げる？」

荒々しい息を弾ませながら、シルヴィオが挑むような口調で彼女へと告げた。

最初からできもしないことを口にするな。暗にそう言われている気がして、ルーチェは悔しそうに顔をしかめる。嫌じゃない――その言葉は胸の内にそっと押しとどめておく。

「……こんな……ところで……は……さすが……に」

「こんなところ？　誰も我々を見てはいない。賭けには魔物が潜んでいると言っただろう？見たまえ。魔物に囚《とら》われた彼らの顔を――」

「…………」

彼に唇を奪われながら、ルーチェは薄く目を開いて周囲を見る。

確かに――人々の目はルーレットへと釘付《くぎづ》けで。誰も自分たちのしていることを気にしてはいないようだった。

だが、それにもさすがに限度というものがある。

例えば、淫らな声をあげてしまえば、瞬く間に魔物は彼らを解放してしまうだろう。

周囲に助けを求めたいと思う一方で、こんな痴態を衆目に晒《さら》すわけにはいかないという相反する葛藤と、それとは別にあまりも官能的なキスの誘惑とがルーチェを苛《さいな》む。

逼迫《ひっぱく》した表情で唇を噛みしめ、声を必死に堪えるルーチェにシルヴィオは不敵に目を細めて歌うように告げた。

「それでいい。君が声を我慢すればいいだけの話だ。それとも、君は知り合って間もない男に唇を奪われただけで淫らな声をあげてしまうような女性なのかね？」

「っ⁉」

彼の煽《あお》りに頭にカッと血が昇る。

誰にも唇を許したことなんてないのにそんな目で見られたくない――よほどそう抗議したかったが、彼がわざとそんなことを言っているのは明らかで、ムキになればなるほど思惑どおりに違いないと自分に言い聞かせて。

するとシルヴィオはルーチェのこめかみにキスをし、耳たぶを甘噛みして囁《ささや》いてきた。

「人の厚意は素直に受け取るべきだ。特に女性はそのほうが可愛げがあろうというもの」

「……どうせ可愛くなんて……ないです……から……」

ルーチェはくすぐったさに肩を跳ね上げ、必死に反対方向へと顔を背けて彼の唇から逃れようとする。

しかし、彼は彼女の頭を抱え込むようにして反対側の耳を塞ぎ、憤りを色濃く滲《にじ》ませた声で語気を強めて窘《たしな》めた。

「まだそんなことを言うつもりかね？」

「——っ⁉」

低い声が鼓膜に沁みこみ頭の中で響いた瞬間、ルーチェは目をきつく瞑《つむ》り身体を鋭く痙攣《けいれん》させた。

一瞬だけ意識が遠のき、続けざまに深いとろみを帯びた愉悦の波が押し寄せてきて、悩ましいため息をつく。

どういうわけか下腹部に熱がこもり下着が濡《ぬ》れてしまう。

一体自分の身体に何が起こっているか分からず、ルーチェは困惑する。

「そんな可愛い反応を見せて、私を誘っているつもりかね？」

「っそ、んな……つもりでは……あ、ン……あぁ……」

シルヴィオの舌が耳の形をなぞるように舐《な》めあげたかと思うと、耳孔までも侵してきて、ルーチェは堪《たま》らず押し殺したような声を洩らしてしまう。

舌の動きに合わせて、鼓膜にぐちゅぐちゅといやらしい水音が反響して、とても正気を保ってはいられない。

ルーチェは彼の腕を自分の耳から引《ひ》き剥《は》がし頭を遠ざけようとするが、逞《たくま》しい腕はびくともしない。

（駄目……こんなのおかしくなりそう……）

これ以上はさすがに恥を忍んで声をあげて助けを請うしかない。そう分かってはいるものの、熱で浮かされたように頭の芯が痺《しび》れ、唇から言葉が出てこない。

混乱しながらも、ルーチェは必死に彼の腕の中でもがき続ける。

「まったく強情な――」

シルヴィオが苦々しく嘆息すると、フロックコートの前を開いてルーチェの背中へと覆いかぶせてきた。

コートに包まれて彼自身の男らしい香りがさらに強くなり、ルーチェは眩暈《めまい》を覚える。

「男の言うことをなんでも聞くということは、すなわちこのような辱めを自ら受けると言っているようなものだとなぜ分からない？」

大きな手がドレス越しに胸のふくらみへと添えられたかと思うと、ゆっくりとした動きで円を描くように撫でてきた。

「っ⁉　あ……あぁあ……」

彼の繊細な愛撫《あいぶ》にルーチェは口元を両手で覆うと小さく呻《うめ》く。

感じまいとすればするほど逆に彼の手の動きを強く意識してしまい、恥ずかしい声をあげてしまいそうになる。

「これがどういう行為かさすがに分かるだろう？　君も子供ではないのだから――」

熱い息を耳の孔に吹きかけながら囁いたかと思うと、シルヴィオはドレス越しに存在を主張し始めたしこりを指でくすぐる。

「っン……はぁはぁ……や、あ……駄目……」

ぴくぴくっと甘い反応を見せながら、ルーチェは眉根を寄せて切なげに身を捩る。

すると、その反応に雄を煽られたのだろうか？　シルヴィオは不意にドレスの胸元へと手を差し入れたかと思うと、硬くなった二つの蕾《つぼみ》を同時にきつくつねりあげた。

「ンンンッ⁉」

鋭すぎる快感に貫かれ、ルーチェはくぐもった嬌声を洩らしながら軽く達してしまう。

（何……今の……変な感覚……）

身体の奥からじわりと蜜が溢《あふ》れてきて息が乱れる。胸の鼓動がせわしなく身体の奥から突き上げてくる。

動揺するルーチェに気づくと、シルヴィオは手を止めて眉間に皺を寄せた。

「まさか――知らないのかね？」

「…………」

ルーチェはどう返事をしたものか分からず沈黙を貫く。

修道女学院ではそういった類の話はほとんど耳にしない。

しかし、まるで知らないことが非常識だと言われたかのように感じ――先ほどのひどい誤解を解きたいという思いとは裏腹に頷くことが躊躇《ちゅうちょ》される。

しかし、沈黙は肯定したも同じこと。

シルヴィオは彼女の胸元から手を離すと、首を左右に振りながら「ならばなおさら退きたまえ。まだ君には早い」とだけ口にした。

もうこの辺で折れたほうがいい。彼は危険すぎる。分かってはいるのに、ルーチェはここで自分が折れなければどうなってしまうのだろうという誘惑に抗うことはできなかった。

「……嫌……です……」

「どうやら君は融通が利かない性格のようだな。これほどまでの辱めを受けてもなおも退こうとしないとは――」

そこでいったん言葉を区切ると、シルヴィオは顎に手をあててしばし何事かを考えあぐねているようだった。

ルーチェは身を固くしたまま、彼の言葉を待つ。

ややあって、シルヴィオの口が歪むのに気づいた瞬間、妖しい興奮が沸き立つ。

「――ならば、たった今ここで私が君に教えてあげるとしよう」

慌てててそれから目を逸《そ》らす。

「っ⁉」

不安が燻《くすぶ》ると同時に、その奥深くにとても正視できない情欲の萌芽《ほうが》が垣間見え、ルーチェは慌てててそれから目を逸《そ》らす。

だが、そうしている間にも、彼の手はドレスのスリットからのぞいた太股《ふともも》を撫でていた。のみならず、だんだんとその手を内腿《うちもも》へと這《は》わせていく。

「だ……駄目……です……そこ、は……」

ルーチェは本能的に足をきつく閉じ、彼の手を掴んでそれ以上の侵攻を阻みにかかる。

今、そこには触られたくない特別な事情があった。

シルヴィオの声や指に反応してしまった証《あかし》がそこにはある。これ以上の恥を晒すわけにはいかない。

「なぜ駄目なのかね？　知られては困る秘密でも隠しているとでも？」

「そ、それは……その……」

「図星だという顔をしているな。自分を偽ることのできないまっすぐな性分なのだろう。悪くはないが――今回ばかりは相手が悪すぎる」

そう囁くと、シルヴィオはもう片方の手で柔らかな乳房を力任せに掴《つか》み上《あ》げ、頂をつねったまま引っ張った。

「っ⁉　きゃ……あ、あぁぁあ」

ルーチェは小さな悲鳴をあげると、身体をくの字に折って再び淫らな高みを垣間見る。

その直後の弛緩《しかん》の隙に、シルヴィオが内腿へと手をねじこんできた。

「や、あ……」

彼の指が下着の薄布越しに秘密のぬかるみへと無遠慮に押し付けられ、ルーチェは羞恥のあまりに頭の中が真っ白になる。

「さすがに驚いた。たかが戯れにすらこれほどまでに濡らしていたとはな」

シルヴィオの意地悪な囁きに、よりいっそう追い詰められていく。

今までにこれほどの辱めを受けたことは皆無だった。今すぐにでも消えてしまいたいという衝動に駆られる。

しかし、彼にとってはこれはあくまでもただの「戯れ」に過ぎないのだ。

世間の酸いも甘いも知り尽くした大人の男性と、まだ狭い世界しか知らない一学生に過ぎない自分との埋めようもないほどの隔たりに途方に暮れてしまう。

「君のこの狭い穴を男は征服していく。それが大人の秘密だ。そう、こんな風にして――」

長い指が下着の隙間からぬかるみへと沈むと、媚肉の奥を目指して食い込んでいく。

「っつ……う……く、ぅぅう……」

誰も侵入したことがない狭い道を指で押し拡《ひろ》げられる痛みにルーチェは顔をしかめる。

まさかこんなところに何かを挿入《い》れられるなんて。想像だにしなかった。

「狭いな――やはり知らなかったか」

「やめ……て……指……抜いて……くだ……さい。痛……い……」

「大丈夫だ。すぐに良くなる」

「え？」

目をしばたたかせながら彼を見るや否や、指が唐突に腹部側のざらついた壁を抉った。

「ンンッ⁉」

膀胱《ぼうこう》を圧される感覚と、それとは別の異様な快感がルーチェに襲いかかる。

「な、何を……して……」

「安心したまえ。じきに痛いなど言っていられなくなる」

シルヴィオは確信と余裕に満ちた口調で言うと、中指で蜜壺を力強く穿《うが》ち始めた。

「っ⁉　あ、あ、あぁあ、や……だ……も、洩れ……て……や、やぁああ……」

ルーチェは引き攣《つ》れた嬌声を洩らしながら、顔をくしゃくしゃにして彼の指から逃れようと腰を動かす。

しかし、逃れるどころか、かえって彼の指の抽送を深く鋭いものとする助けになっていると気づく余裕は残されていなかった。

（何？　これ……おかしい……くなって……洩らしてしまい……そう、に……）

尿意と思《おぼ》しき衝動に駆られる中、子宮の奥へといやらしい振動が響いてくる。

その淫猥《いんわい》な揺すぶりに全身が小刻みに震え始める。

痛いだけではない。一瞬、腰が浮くような快感に襲われ、その回数が増えていく。

愛液が指によって掻《か》き出《だ》されては内腿からくるぶしへとたらたらと伝わり落ちていく。

高みが見えるたびにいきんでしまうと、奥のほうからさらなる愛蜜が迸《ほとばし》り出てしまう。

「う……っく……ンン……ぅ……」

ルーチェはひっきりなしに襲いかかってくる愉悦へと対峙《たいじ》すべく、自らの手の甲に歯を立てて声を我慢しようとした。

しかし、シルヴィオはその代わりに自分の指を噛ませた。

そんな紳士的な気遣いを見せつつも、肝心の指責めはさらに苛烈さを極めていく。

「あっ、あ、ンン……ンンンッ！」

彼の優美な指に歯を立ててはいけないと注意するが、愉悦の波が寄せてくるたびにそんな配慮も砕けてしまいそうになる。

狂おしいほどの快感が肥大していき幾度も爆ぜては、さらなる悦楽を招き寄せていく。

たった一本の指でこれほどまでに乱され、痴態を晒してしまうなんて。

信じがたくて否定したいのに、シルヴィオの指はそれを許さない。

緩急をつけた抽送に加えて、腹部のざらついた敏感な壁を執拗に抉りたててくる。

「よくなってきただろう？　恥ずかしい音がこんなにもしている」

「やっ……そ、そんな……こと」

「これでも聞こえないとでも言うのかね？」

「っ⁉　あ、いやぁあああ……音……い、や……ぁ」

ピストンの動きが転じて円を描き始めると、ぐちゅぐちゅというくぐもった音がさらに大きくなり、ルーチェは周囲に気づかれてしまうのではと気が気ではない。

全身から汗がにじみ出て、膝がわらってしまう。

その場に崩れ落ちそうになるのをかろうじて堪えていたが、限界が間近に迫りつつあるのを上書きされていく絶頂地獄の中、おぼろげに感じていた。

「君の恥ずかしいところが私の指を締めつけてきている。何か欲しがっているようだが？」

不意にヒップに硬い存在を感じた瞬間、ルーチェは正体不明の慄《おのの》きに駆られ——これまで見たことのない高波が襲い掛かってきた。

「ン、んぁ、あぁああ！　も……う……や、ぁ……ン、ン、ンンンっ！」

熱い吐息をつきながら、恐ろしいほどの絶頂を迎えてしまう。

張り詰めきった糸を切られたマリオネットのように足から力が抜け、その場に膝から崩れ落ちてしまいそうになる。

その身体を支えたのは、たった今彼女を追いつめた張本人であるシルヴィオだった。

大量の蜜潮が勢いよく飛沫《しぶき》をあげて滴り落ちていく。

ルーチェは粗相をしてしまったと勘違いして青ざめる。

（私……なんてことを……こんな場所で……幼い子供でもないのに……）

ルーチェは長いまつげを震わせながら、たった今自分の身に起きたことが信じられず、大きな目を見開き彼の腕にしがみついたまま固まってしまう。

羞恥と罪悪感が浮き彫りにされた彼女の横顔を見つめると、シルヴィオはようやく姫壺から指を引き抜いた。

そして、わざわざ濡れた指をルーチェの目の前につきつけて舌で舐めてみせる。

雲の上であるはずの彼がまさか自分のはしたない蜜を舐めるなんて思いもよらなかったルーチェの混乱に拍車がかかる。

「——君の味はどこか切ないな」

シルヴィオはそう呟くと、胸ポケットにのぞかせていたシルクのチーフを手にとり、それで彼女の濡れそぼつ股間を拭きにかかる。

「……あ……ぁ……」

つるりとした布地が達したばかりの敏感な個所《かしょ》に触れてきて、ルーチェはたまらず上ずった声をあげてしまい赤面した。

痴態を見られた挙句、粗相の始末までさせてしまうなんて。

あまりにもいたたまれず顔を両手で覆ってしまう。

すると、その頭をシルヴィオの大きな手が優しく撫《な》でてくる。

「これで分かっただろう？　君にはまだ早い。私の言うことを素直に聞きたまえ」

「…………」

思わず頷いてしまいそうになり、ルーチェは慌てて首を左右に振った。

すると、シルヴィオは彼女の顎を掴み、恐ろしい響きを持つ声色で再度警告する。

「指だけでは済まされない。もっと太いものが君をくるわせる。これ以上の辱めを受けることになって後悔しても遅い。いい加減に聞き分けなさい」

脅しともとれるその言葉がルーチェの胸を深々と抉る。

もっと太いもの――背後に存在を主張している彼の下半身のことに違いない。誰に教えられなくとも本能で分かってしまう。

指だけでもあれほどまでにくるわされてしまったというのに。それよりも太いもので征服されるなんて。想像するだけでこわくなる。

だが、こわいだけではなく、同時に何か得体のしれないものが胸の奥底で燻《くすぶ》っていることに気が付き、ルーチェは視線を彷徨わせた。

なおも折れない彼女にシルヴィオは口端を歪めると、新たな提案を試みた。

「ならば、賭けで勝負することにしよう」

「え?」

「私は何事も賭けで物事を決める主義でね――神など信じてはいないが、いわゆる人知の及ばない領域はあると思う。例えば、君と出会ったオークション――あの日、奇妙なことが立て続けに起きた」

「奇妙な……こと?」

「ああ、元々参加する予定だったオークションが急遽中止された。予定を変更して、別件でシュノン城の近くへと足を運んだのだが、それすらも顧客の都合で先延ばしにされたのだよ。こんなことは珍しい」

「………」

（あんな小さなオークションに足を運ぶのは珍しいってエヴァも言ってたけど、そんな偶然が重なっていただなんて……）

自分だったらただの偶然で済ませてしまいそうだが、シルヴィオはその一連の出来事に意味を見出したのだ。

ルーチェは不思議な思いで彼の言葉に耳を傾ける。

「経験上こういったある種の流れには逆らわないほうがいい――そこで君と出会えた。運命的だとは思わないかね？」

「……っ⁉」

思いもよらなかったことを言われ、ルーチェの胸は甘く高鳴る。

（運命的⁉　私との出会いが⁉）

信じられない思いで目を剥《む》く。

すると、シルヴィオは目を細めて不敵に微笑むと、彼女の手に自らのチップを握らせた。

それは金色のチップで、周囲の人々が使っているチップとは色が異なっていた。おそらくおいそれと賭けることができないほど高額なものなのだろう。

我にかえったルーチェは、シルヴィオへとチップを戻そうとする。

「……いけません。これは受け取れません。きちんと自分で用意しますから……」

「受け取っておきたまえ。先ほどの対価だと思えばいい」

「…………」

つい先ほどの苛烈な指責めを思い出し、ルーチェの目元に朱が散らばる。

(……まるで私がああいう行為をしてお金をいただいている女性のような言い方……)

シルヴィオの言葉の一つひとつが、まだ感じやすい少女の自尊心を傷つけていく。

まるで自分からわざと遠ざけようとでもするかのように。

「私……そういうつもりじゃ……」

「いいから受け取っておきたまえ」

「…………」

これ以上は有無を言わせない強い語調で言葉をかぶせられ、ルーチェは身を竦《すく》ませる。

「私が勝ったら君は私の要望を呑まねばならない。君が勝ったら私は君の要望を呑もう。それでいいかね？」

尋ねるというよりは、すでに決定事項を確認するといった口調だった。

さすがに――ここまで言われてしまえば、今度はルーチェが折れる番だった。ルーレットなんてしたことはないが渋々頷くほかない。

それを見たシルヴィオは満足そうに顎を撫でると、フッと厳しい表情を緩めた。

「それでいい。君とはもう一度賭けをしてみたかった」

一瞬垣間見えた彼の微笑《ほほえ》みにルーチェは目を奪われる。

「いい子だ――」

シルヴィオは彼女の手を包み込むようにして握りしめると、こめかみに唇を押し当てた。

先ほどとは一転した優しい囁きにルーチェは安堵《あんど》し、緊張から解放された反動で蕩《とろ》けてしまいそうになって……ハッと我に返る。

(駄目よ……流されては……)

彼は飴《あめ》と鞭《むち》とを使い分ける術にあまりにも長《た》けている。

独裁者のような厳しさとあらゆることを許容する懐の深さとを併せ持つ大人の紳士は、まだ年端もいかない自分の手には余る。

悔しいが、彼には到底敵《かな》わないという気がしてならない。あらゆる術を巧みに使い分けることによって、恐らくなんでも自分の思い通りにしてしまうに違いない。

ルーチェは改めて彼のことが怖くなる。であるにもかかわらず、どうしようもなく惹《ひ》かれてしまう自分に気づいてもいた。

「もちろん、ハンデを設けるとしよう。私は一つの数字に賭ける。君は赤か黒かに賭けるだけでいい。勝率は二分の一。対する私の勝率は三七分の一。悪い勝負ではないはずだ」

「………」

確かに彼の言うとおりに違いない。

だが、ミステリアスな赤い双眸は何事かを企んでいるかのようにも見え、ルーチェはすぐに頷くことができずにいた。

それもそのはず、この賭けはおそらく今後の人生を左右するものになりかねない。

（まさか自分の未来を賭けで決めることになるなんて――）

緊張に全身がこわばり、喉が異様なほど乾く。心臓が壊れてしまうのではないかというほど早鐘を打ち、周囲の全ての音が遠ざかっていく。

明らかに自分のほうが有利な賭けだが、本当にそれを信じてよいのだろうか？

もしかしたら彼はわざと勝ちを譲ろうとしているのかもしれない。

しかし、そうではなくて本当に純粋に賭けに興じようとしているのだとしたら？

さまざまな憶測が肥大し混沌《こんとん》の渦と化し、ルーチェを呑み込もうとしていた。

（一体どうすればいいの？）

汗ばむ両手を握りしめ、唇をきつく噛《か》みしめる。

彼の思惑の欠片《かけら》でも掴むことができればと思って赤い瞳の奥を覗き込むも、やはりどんな意図をも読み取ることはできない。

「さあ、赤か黒か。選びたまえ――」

いきなり二択を迫られ、ルーチェは動揺してしまう。

「……待ってください。まだ……心の準備が……」

「私は――そうだな。０に賭けるとしよう」

ルーレットへと球を投げいれたディーラーを鋭い目で見据えると、シルヴィオは残りのチップの全てを０の数字へと置いた。

すると、ルーレットに興じていた人々があまりにも大胆な賭けにどよめき、シルヴィオへと一斉に注目が集まる。

「さあ、次は君の番だ」

「…………」

背中を優しく押され、ルーチェはよろめきながら前に一歩進み出てしまう。

周囲からの熱い視線が自分へと集中し、今すぐ逃げ出したい心地に駆られる。

（ずるい……こんなやり方……これじゃ退くに退けない……）

あのオークションと同じ。否、それ以上の熱狂に酔ってしまいそうになる。

賭けに潜む魔物――ルーチェは慄きながらも、ルーレット盤を回る球を見つめてチップを握りしめる。

赤か黒か――選択すべきはたったの二択。

ルーチェのほっそりとした喉元が嚥下《えんげ》の動きを見せる。

ルーレット盤を回る珠の動きが遅くなっていくにつれて、瀬戸際へと追いつめられていく。

極限の緊張に晒される中、ルーチェは震える手を伸ばしてチップを赤の場に置くか、黒の場に置くかぎりぎりまで迷った挙句――赤を選んだ。

シルヴィオと同じチップが少女の手によって置かれた瞬間、彼女の動きを注視していた観客たちの興奮は最高潮に達した。

（お願い……赤に止まって……）

祈るような思いでルーチェはいつも胸にさげているロザリオと祖母のネックレスとを両手で

握りしめ、ルーレット盤を見つめていた。

球はゆっくりと円を描きながら、スピードをさらに落としていく。

それとは逆にルーチェの心臓の鼓動はよりいっそう加速していった。

「……っ」

球が赤の二一へと吸い込まれていくかに思えて、期待に胸が高鳴る。

だが、そこへは入らず隣の黒の四、赤の一九へと移動していく。

たった一瞬のできごとのはずなのに、時の流れが恐ろしいほどゆっくり感じられる。赤と黒のルーレット盤を見据えるルーチェに期待と失望が交互に訪れる。

そして——いよいよ球は赤の三二の枠へと収まった。

かに思えたが、勢いが止まり切らずその隣の枠へとずれていく。

その枠とは——黒……ではない。赤でもない。

緑の0だった。

「…………」

どよめきと拍手の渦に包みこまれる中、ルーチェは目を見開いたまま動けずにいた。息をすることさえ忘れて食い入るように0へと入った球を見つめている。

シルヴィオの勝率はたったの三七分の一。対する自分は二分の一。

それでも彼は賭けに勝ったのだ。

この勝負に賭ける直前に彼が口にした言葉が頭の中に蘇る。

（いわゆる人知の及ばない領域があるって仰《おつしや》っていた。それが本当だとしたら）

その謎の領域とやらが彼に勝利を導いたのだろうか？

この道が正しい道だと――

そうでなければこれほどまでのハンデをつけた勝負に勝てるはずなどないように思える。

（運命が……彼の勝利を望むなら……どれだけ抗《あらが》っても敵わない……）

ルーチェは神妙な面持ちでついに頭《こうべ》を垂れた。

もはやこれ以上逆らうことはできない。いくら流れに抗おうとも、彼の思うほうへと流されてしまうに違いない。混沌とした濁流に呑まれる錯覚に捕らわれる。

「私の勝ちだ――」

シルヴィオが自らの勝利をフロックコートの中の彼女に囁くと、背後から腕を回してそっと抱きしめた。

「……………」

ルーチェはされるがまま、何も答えることができずにいる。

「君は私の要望を呑まねばならない」

勝負に負けてしまったのだから当然のこと。

分かってはいるものの、果たして彼が自分に何を望むか――見当もつかない。

（おばあさまのネックレスを受けとるようにと仰るつもりなのかしら？　それとも……）

もう一つの可能性に考えを廻らした途端、先ほどまでの恐ろしく官能的な遊戯が思い出されてしまい熱い吐息をついてしまう。

（何を考えているの……そんなはずないのに……）

一瞬垣間見えた、自身の恐ろしい欲望から必死に目を背ける。

修道女学院に所属し、日々をつましく謙虚に清らに過ごすことを美徳と教えられてきた身としては、その忌むべき混沌をけして認めるわけにはいかない。

しかし、彼女のそんな努力もむなしく、シルヴィオは恐ろしい響きを持つ声色で言葉を続けたのだ。

「私の恋人になりたまえ――」

「っ⁉」

一瞬、ルーチェは何を言われたか分からなかった。

（今なんて……誰が？　私が？　シルヴィオ様の……恋人に？）

たった今言われた言葉を反芻《はんすう》して眉根を寄せる。

聞き間違いだろうか？　きっとそうに違いない。

ルーチェが困惑していると、彼は彼女の手をとって恭しく口づけてきた。

シルヴィオの左手の薬指には指輪が輝いていることに気付いたルーチェの胸に、鋭い痛みがはしる。

（……ご結婚されているのに……恋人になれって……一体どういうこと？）

ショックに考えが追いつかず混乱する。

そんな彼女を赤い双眸は静かに捕えていた。

ж　ж　ж

「まったく――不思議な少女だ」

王都の外れにある居城にて、シルヴィオは執務の手を止め葉巻の煙をくゆらせながら、グラスに揺らめくブランデーの琥珀色《こはくいろ》を眺めて呟《つぶや》いた。その隣には、秘書のカストがいつなんどきでも主の要望に応えるべく物静かに控えている。

「――他人を疑うということを知らないとでもいうのか？　あまりにも危うすぎる」

シルヴィオの脳裏には昨日の賭けの様子がありありと蘇っていた。

まだ世間というものを知らない大人の階段を昇り始めたばかりの少女――まさかそんな彼女が一回りも年が離れた自分に果敢にも挑んでくるなど思わなかった。一度ならずとも二度までも。

青天《せいてん》の霹靂《へきれき》とはまさにこういうことを言うのだろう。

「たいした度胸の持ち主だ。私の目にくるいはなかったが……想像以上に頑固な性分をしているようだ」

「今後どのようになさるおつもりですか？」

「私にもまだ分からない」

一見、シルヴィオは退廃的、享楽的なタイプではあるが、結局全ては自分の思い通りにしてしまう。たとえどんな手段を使っても。

主のことを誰よりもよく知るカストは、彼らしくない言葉に細い眉を顰《ひそ》める。

「珍しいこともあるものですね」

「ああ、自分でも驚いている。私の人生にまさかこんな罠《わな》が潜んでいようとはな――」

「罠をしかけたのは、シルヴィオ様ではありませんか？」

「――そのはずだったのだがな」

そこで言葉を切ると、シルヴィオは苦笑する。

自分の計算をくるわせる存在は今まで皆無だった。

ずっとそれが当たり前だと思っていたが、二度も彼女には驚かされた。

「――興味深い少女だ」

もっと知りたい。そう思える相手がこの世に存在するとは思いもよらなかった。

それで賭けを持ちかけてみたのだ。

ただし、自分の勝率は彼女に教えたように三七分の一ではない。

十年来以上カジノの最古参ディーラーの癖は熟知していた。自らの勝ちを確信した上での賭けだった。

しかし、彼女はあの賭けを人知を超えた導きだと素直に信じたに違いない。きっと運命的なものだと騙《だま》されただろう。

他人を疑うことを知らなさそうな彼女の率直な態度を思い出すと、胸の奥が妙に掻《か》き乱《みだ》される気がしてならない。

「まったく……一体何を血迷っているのだろうな」

その言葉は自身へと向けられたものか、はたまたルーチェへと向けられたものか。

シルヴィオは口端を歪めたまま、遠い目をして煙の行方を追っていた。

その赤い双眸《そうぼう》には苦悩の色が滲《にじ》んでいた。

第三章　秘密の恋人

（……カストさんがシスターを説得したに違いないわ）

説得というよりも脅しに近い方法であるだろうことは簡単に想像がつくが――あまり人のことを悪く思いたくはない。

（私が……あの人の恋人になったからよね）

恋人――確かにシルヴィオはそう言った。

その言葉どおり、ただの恋人として交際を申し込まれたのであれば、もろもろの事情と成り行きはともあれきっと喜ぶべきことなのだろう。

だが、ただ彼は単に耳触りのよいものとしてその言葉を使ったに過ぎない。

それくらいは、修道女学院暮らしが長くて世間知らずなルーチェですら、さすがに理解していた。

祖母のネックレスの着用が許可されたのだ。ただし、詰襟のワンピースの下に他の生徒たちに気づかれないようにという但し付きではあるが――それでも、規則が厳格な女子修道院においては十分すぎるほどの特別待遇だった。

そういった「身の回りの変化」が何を意味するか、ルーチェは痛いほど分かっていた。

（あの人の恋人となった対価……なのよね……）

脳裏に彼の左手の薬指に光る銀色の指輪がよぎる。思い出すたびに胸がチクリと痛む。

彼は既婚者であって――既婚者にとっての恋人とは？

生真面目なルーチェにとっては口にすることすらおぞましい存在に違いない。

（まさか恋人もできないうちから……そんな恐ろしい役割を担うことになるなんて……）

自業自得だと分かっていても、どうしても気持ちがついてこない。

けして誰にもいえない秘密を背負ってしまった。エヴァにすら打ち明けることのできない罪深い秘密。まさかシルヴィオの愛人となる約束を交わしてしまっただなんて言えるはずがない。

あの突然のカストの面会、外出の件について、一体何があったのかそれとなく彼女から聞かれはしたが、まともに答えることはできなかった。それどころか目を合わせることすらできなかった。

シルヴィオの指摘どおり、自分は感情がすぐに顔に出てしまう性分だと分かっていたから。彼女と目を合わせることすら怖かった。

万が一、エヴァに秘密を知られてしまえば大切な親友を失ってしまいかねない。

秘密の関係というのが忌み嫌われるものであることくらいはさすがに知っている。

たまにそういう醜聞を小耳に挟んだ際には心の底から軽蔑したものだ。まさか自分がそんな境遇に置かれるなんて思いもよらずに。完全に別世界のことだとばかり思っていた。

（エヴァにだけは知られたくない……）

だが、そう願えば願うほど逆に不自然な態度をとってしまい、ぎくしゃくとした空気になってしまうのが目下悩みの種だった。明らかにエヴァもその違和感に気づいているようだ。

だからといって、他に成す術《すべ》もない。

（秘密を背負うということが、これほどまでに大変なことだったなんて……）

まさか彼があんな要求をしてくるなんて思いもよらなかった。

（どうして私なんかを……他に素敵な女性はたくさんいるはずなのに……）

それが一番の謎だった。

シルヴィオほどの紳士ならば女性に不自由はしないはず。何も取り立てて美人でもない平凡な一学生である自分なんかをわざわざ愛人に選ばなくても——と思わずにはいられない。

（やっぱり……彼にとってはただの戯れ……だからかしら……）

そう考えるのが一番妥当だった。

ちっぽけな自分にとっては一生に一度の大事件であり、かけがえのない親友を失うかどうかの瀬戸際だというのに。恐らく彼にとっては単なる遊戯の一つに過ぎないのだろう。

あの何を考えているか分からないミステリアスな微笑みが恨めしい。

（そうよ。別に思い悩む必要はないわ……ただの戯れなのだもの……他にも同じような女性がゴロゴロいるに決まってるわ。きっとすぐに飽きるはず……それまでの辛抱よ）

そう自分に言い聞かせるも、どういうわけか心は千々に乱れてしまう。

ただの戯れであってほしいはずだった。すぐに飽きてほしいはず。恐ろしい秘密なんて無縁の元通りの平穏な日々を取り戻したい。そのはずだった。

それなのに胸がしくしくと痛み、ルーチェは顔をしかめる。

少しでも気晴らしになるような一節はないか探すべく、聖書を開いて目を落としたちょうどそのときだった。

不意に寮の部屋のドアがノックされて飛び上がる。

「は、はい……」

「ルーチェ、お迎えがいらっしゃっています」

「……分かりました……すぐに参ります」

シスターの物問いたそうな視線が気になるが、敢《あ》えて気に留めていないフリをして自室から廊下へと出ていった。

本当はいつ何をどう咎《とが》められてしまうのではないかという不安で胸が押しつぶされてしまいそうだったけれど――

ж　ж　ж

この間とは違う。今回は彼の恋人としての呼び出し。

それが何を意味するか、どうしても意識せずにはいられず、ルーチェは緊張にこわばった表情をはりつかせたまま、カストが寄越《よこ》した迎えの馬車に揺られていた。

だが、馬車が向かった先はシルヴィオの城ではなかった。

王都の中心にある古めかしい邸宅。

（ここは……一体……）

その外観からは想像もつかないほど煌《きら》びやかなホールには、着飾った紳士淑女が談笑するサロンがあちらこちらに設けられている。

そこでは、豪奢《ごうしゃ》な衣服に身を包んだ宝石商と思しき人物が宝飾品を彼らへと見せて、何やら交渉をおこなっているようだった。

中二階にしつらえられたスペースからは管弦楽団が奏でる調べが聞こえてくる。

ルーチェは足を一歩踏み込むや否や、別世界に迷い込んだような心地に駆られると同時に、場違いな感じがしてそわそわと落ち着きなく周囲を見回す。

と、一際身なりのいい紳士と固い握手を交わすシルヴィオの姿が目に留まり、同時に心臓がどくんと跳ねあがる。

咄嗟に視線を逸らすと、彼に気づいていないフリをして天井から下がるシャンデリアを見つめるが、心臓が壊れてしまうのではないかというほど高鳴るのを押さえることができない。

ややあって、シルヴィオが自分のほうへと近づいてくるのを肌で感じて息を詰める。

「ルーチェ、よく来てくれた。前回同様急な呼び出しになってしまって済まない。私の仕事は変則的なものでね――なかなか事前に予定を知らせることができない。どうしても高額な取引となると相手は限られてくる。多忙な顧客が多いものでね」

シルヴィオは優美な所作で彼女の手をとると、甲へと口づけてきた。

恐らく、彼はオークションで手に入れた希少な品々の販売を手がけているのだろう。

「…………」

ルーチェは身をこわばらせたまま、ぎこちない微笑みを浮かべてみせる。

すると、彼は口元に微笑みを浮かべて耳元へと囁いてきた。

「そんなに緊張する必要はない。ここは私のサロンだ——信頼の置ける特別な顧客のみ特別に招待している。心配せずとも我々の秘密は守られる」

我々の秘密という言葉がルーチェの胸を抉《えぐ》る。分かっていたことではあるが、彼の口から改めて聞かせられると息苦しい。罪の意識に苛まれてしまう。

しかし、シルヴィオはまったくそんなことは気にしていない様子で、彼女を奥まったサロンへとエスコートしていく。

周囲から向けられる好奇の視線をつきさささるように感じて小さくなるルーチェとは対照的に実に堂々とした態度で。

(……彼にとっては……特別なことではないんだわ……)

やはり愛人は自分一人ではないのだろう。そう考えるほうがずっと筋が通る。

なのに、胸の奥が絞られるように痛み、顔をしかめる。

「どうした？　一週間振りの恋人との再会はうれしくはないのかね？」

こわばった表情のルーチェをからかうようにシルヴィオが尋ねてきた。

「……………」

ルーチェは何と答えたらいいか分からず、黙ったまま唇を噛みしめる。

シルヴィオはそれ以上は何も尋ねず、彼女をアンティークのソファへと座らせると、自らもその隣へと腰かけてルーチェの肩へと手を回した。

彼の身に着けている香水の香りに包まれて、ルーチェの身体の芯は熱を帯びる。

まるで本物の恋人のような気の置けない彼の素振りの一つひとつに翻弄されてしまう。

ややあって、カストがシャンパングラスを二つのせた銀のトレーを手に現れ、テーブルの上へと置く。

グラスの一つを手にとったシルヴィオがルーチェへと手渡してきた。

シャンパンはおろかアルコールの類を口にしたことがないルーチェはグラスを手にどうしたものかと戸惑う。

「我々のこれからに乾杯――」

シルヴィオがそう言うとグラスの縁《ふち》を重ねてきた。軽やかな音の後に慣れた様子でグラスを呷《あお》る。

一方のルーチェはグラスの中に揺れる淡い琥珀色のシャンパンに目を留めたまま、口にしたものかどうか躊躇《ためら》っていた。

「私とは乾杯したくないのかね？」

「――そういうわけでは」

「では、何かよからぬ薬でも入っているのではと疑っているのかね？」

「っ⁉」

熱い吐息と共にハスキーな声で囁かれ、ルーチェはびくんっと両肩を跳ねあげる。

そんな彼女をシルヴィオは愉《たの》しげに眺めている。赤い目に浮かんだいたずらな光は、本当に妙な薬でも入れているのでは？　と思わせるようなものだった。

「何も入ってなどいない。安心しなさい。恋人のことは信頼するものだ」

「……疑ってなんて。ただ……飲んだことがない……だけで……」

「そうか。ならば、私が飲ませてあげよう」

シルヴィオはルーチェのグラスからシャンパンを口に含んだかと思うと、彼女の顔を抱き寄せて唇を重ねてきた。

「っ⁉　ンン……」

柔らかな感触の後、とろみを帯びた液体が唇の中へと注がれてくる。

細やかな泡が舌の上で弾《はじ》け、爽やかな味が口中へと広がっていった。

（駄目……あんなキスをまたされてしまったら……おかしくなってしまう……）

カジノで彼にされた息もつけないほど激しいキスが脳裏へとありありとよみがえり、ルーチェは危険な予感に身震いした。

しかし、シルヴィオはすぐに唇を離すと意地悪なまなざしで彼女を射抜く。何も言わずとも、その目はルーチェの心中を全て察していると物語っていた。

「……っ⁉」

ルーチェは口の中のシャンパンをひと思いに飲み下すと、険しい表情で顔を背ける。

喉がやけるように熱くて頭がぼうっとしてくる。初めてのアルコールのせいだと自分に言い聞かせるも、心のどこかではそれだけではないと分かっていた。

「――今回はお預けだ。さすがに商談をする場で火がついてしまうのはまずい」

まるで駄々っ子を窘《たしな》めるような彼の口調に、ルーチェは目を吊《つ》り上《あ》げる。

(私からお願いしたわけではないのに。そんな言い方をするなんて)

沸々と怒りがこみ上げてくるが、一向に収まらない動悸《どうき》がその憤りを白々しいものだと嘲笑《あざわら》うような気がして何も言い返すことができない。

だから代わりにわざと事務的な口調で、彼に最初に言っておかねばとあらかじめ準備していた台詞《せりふ》を口にした。彼のペースに毎度流されるわけにはいかない。

「それで……今日は一体何の御用でしょうか？　門限もありますし、あまり長居はできないのですが……この間のように……遅くなるのは困ります……」

「恋人同士が逢《あ》うのに理由が必要かね？」

「っ⁉」

「もっと君のことを知りたくてね――」

長い指が不意にうなじをなぞってきて、極力機械的な態度を貫こうとしたルーチェだが、たまらず彼の腕の中で甘い反応を見せてしまう。

「……いい反応だ。もっと知りたくなる」

「駄目です……そんな……ここはお仕事の場だって……さっき……」

「別室に移動して君の全てを知り尽くすという選択肢もあるのだが？」

「——っ⁉」

あまりにも意味深かつ刺激的な言葉に全身の血が沸騰して戦慄する。

（知り尽くすって……まさか……この前の続きを？）

愛人となったからには、けして避けては通ることのできないだろう道に身震いする。

それはあくまでも不安から生じた反応のはずだった。しかし、胸の奥深くに燻《くすぶ》る炎を無視しきることはできなくて……ルーチェは眉根をきつく寄せる。

そんな彼女へとシルヴィオは鷹揚《おうよう》に笑みかけたかと思うとうなじへと唇を重ねた。

「あっ……あぁ……」

ルーチェは上ずった声をあげると、彼の腕の中で全身を硬直させる。

ただうなじに口づけられただけだというのに、一瞬まぶたの裏が赤く明滅し、緊張ののちに甘やかな弛緩が訪れた。

（私一体どうしてしまったというの？）

信じられないほど感じやすくなってしまっている。彼の声、指、唇——それら全てを強烈に意識してしまう。

ルーチェは彼の腕の中で息を弾ませながら困惑する。

「今日のところはこれで我慢しておくとしよう」

シルヴィオはそう言うと、上着の懐《ふところ》の中から小さな鏡を取り出してルーチェへと見せた。

（唇の……痕……）

虫刺されのような痣《あざ》のような痕がうなじへと刻み付けられていて、それを目にした瞬間、ルーチェは見えない鎖で全身を縛《いまし》められていく錯覚を覚える。

両腕をきつく抱きしめたルーチェへとシルヴィオが告げた。

「これは君が私のものだという証だ。今後君の首筋からこの痕が消えることはない。これを見るたびに私を思い出したまえ」

「あぁ……そ……んな……」

規則が厳しい修道女学院で、まさかそんな淫らな刻印を捺《お》されたまま貞淑な生活を送らなければならないなんて。神に対する恐ろしい背信行為のように思えてならない。

愕然《がくぜん》となるルーチェにシルヴィオは笑いを噛《か》み殺《ころ》して告げた。

「――あまりに急《せ》いては君を壊してしまう。それは私の本意ではない。希少な宝物は丁重に扱わねばな」

「…………」

ルーチェは危険な言葉に胸騒ぎを覚える。単なる比喩表現なのだろうが、彼が口にするだけでそれは魔性の響きを持つかのようだ。

「では、さっそく我々も商談にかかるとしよう。そのために来てもらったのだからな」

「商談……ですか？」

「ああ、恋人に贈る品々を選びたくてね」

いたずらっぽい彼のまなざしに、その意図するところを察したルーチェは血相をかえて首を左右に振った。

「っ⁉　そんな……贈り物だなんて結構です。受け取れません……もうこれ以上、私に散財なさらないでください……」

「君に拒否する権限はない。私の恋人としての役目を果たしてもらうだけだ」

そんな言い方をされては、これ以上何も言えなくなってしまう。

「…………」

ルーチェは困り果てた表情のままうなだれる。

その反応を見てとったシルヴィオは顎に手をあてて首を傾《かし》いだ。

「しかし、君の反応は読めないな。てっきり喜ぶものだとばかり思っていたのだが――」

「分不相応ですから……」

「私の恋人には相応だと思うがね？」

「…………」

どこまでも甘い言葉だが、彼の薬指に光る指輪がルーチェに頷くことを躊躇《ちゅうちょ》させる。

「君が好きな色、宝石、ドレス――何でもいい。私は君のことを知りたいと思っている。ぜひとも教えてはくれないかね？」

（そんな言い方をされたら……断れない……）

シルヴィオの情熱的な囁きに、ルーチェは熱いため息をつくと目をしばたたかせる。

返事を躊躇《ためら》っているうちにシルヴィオはカストへと目配せして、先ほど少し離れた席で顧客相手に商談をおこなっていたなじみの宝石商を呼び寄せた。

宝石商は恭しくルーチェへと一礼してみせると、シルヴィオに促されてローテーブルを挟んだソファへと腰かけた。

「では、まずは君の好きな宝石を聞かせてもらおうか？」

「……宝石なんて……あまりよく知らなくて……」

「ならば、質問を変えるとしよう。何色が好きかね？」

「……赤……でしょうか……」

「赤か、ルビーだな。ならば、先日競り落とした『女神の炎』を使ったアクセサリーを一式用意してくれたまえ。『女神の炎』はそうだな――髪飾りにでもしてくれたまえ。ついでに例のものにもなるべく質の良いルビーを多くあしらうように――」

「かしこまりました。髪飾りのデザインはいかがしましょう？」

「そうだな――ロゼッタにすると映えそうだ。シャナ氏にデザインは任せておけば間違いはないだろう」

「さすがはシルヴィオ様、シャナ氏も引く手あまたで多忙ではありますがこの仕事だけは何よりも優先させましょう」

宝石商に指示を次々と下していくシルヴィオにルーチェは戦々恐々とする。

（確か……エヴァも言っていたけれど、有名な宝石には異名がついたはず……『女神の炎』って……なんだか名前からしてものすごく高そうだけれど……）

彼が自分のためにとんでもないオーダーをしているように思えて気が気ではない。

しかし、シルヴィオは構わずにどんどんと商談を詰めていく。

（……こんな風に迷わずに生きていけたら……どんなにかいいだろう……）

いつしか彼の一切の迷いのないやりとりにルーチェは見入ってしまっていた。恐らく大金が動く取引――自分ならあれこれ迷って何もかも決めあぐねてしまうに違いない。

自分にはない彼の一面をまぶしく思う。

と、そのときだった。

不意に懐《なつ》かしい甘い香りがしてハッとする。

その香りに誘われるかのように視線を移すと、少し離れたところに飾られた大きな花瓶に大輪のピオニーが活《い》けられているのが目に飛び込んでくる。

（ピオニー……懐かしい……）

両親の遺《のこ》した城の中庭に咲き誇っていたピオニーを思い出して、切なさと郷愁に胸が締め付けられる。

「――その花が気になるのかね？」

シルヴィオの声に我に返ると、ルーチェは目の表面を覆った涙の膜を散らすようにせわしないまばたきをして苦笑した。

「はい……その……懐かしくて。両親のお城の中庭に咲いていたお花で……」

「なるほど、そうだったのか」

その言葉を聞いたシルヴィオはおもむろにソファから立ち上がると花瓶へと近づいていき、活けられた全てのピオニーを手にして戻ってきた。

そして、アスコットタイを外したかと思うとそれをリボン代わりに使い、鮮やかな手つきでゆうに二〇本以上はあるピオニーをルーチェの目の前で一つに束ねてみせる。

「持っていきたまえ」

「……えっ⁉」

突如、彼から贈られた花束にルーチェは驚いて目を瞠《みは》った。

「そ、そんなつもりでは……」

「君にとって特別な花なのだろう？　事前に知っていればもっと立派な花束を用意させていたのだが――」

思いがけない彼の行動に動揺を隠せない。

「知ったからには、君の部屋に毎日送り届けさせよう」

「い、いえ……その……一本だけで……十分です」

ルーチェは花束の中から一本だけ手にとってぎこちなく笑ってみせる。

「――遠慮することはない。君の部屋をピオニーで埋め尽くしてあげよう」

「いえ！　本当に間に合ってますからっ！」

思わず想像してしまい、ルーチェは本気で断った。

すると、シルヴィオは笑いを噛みころしながら肩を竦めてみせる。

「花くらいいくらでも欲しがればいいものを――つくづく可愛げのない恋人だ」

「……可愛くなんてありませんから」

「それは君の主観だろう？　私の目からすれば君ほど可愛い女性はそういない――」

「…………」

（……調子がくるう……不思議な人……）

酸いも甘いも知り尽くした油断ならない大人の紳士だとばかり思っていたのに、まさかこんな少年のような態度をとられるとは思いもよらなかった。

（シルヴィオ様は……私のことを知りたいって仰るけれど……こんなことされたら……私だって知りたくなってしまう……）

知れば知るほど――どうしようもなく気になってしまう。

ただでさえ抗いがたいミステリアスな魅力を持っているというのに――

（単なる遊戯なのに……本気にしては駄目なのに……）

ルーチェはピオニーの花束へと目を落とすと、そっとため息をついた。

ж　ж　ж

ドレスや家具の好みなど――シルヴィオにこまごまとした好みを尋ねられながらの商談を終えてから、ようやく寮へと戻ってきたルーチェはベッドへと倒れこんでいた。

事前に遅くなっては困ると伝えておいたはずなのに、すでに時計の針は夜中を回っている。

それでもシスターたちからは注意一つ受けなかった。カストの馬車で送り届けられたのが前回同様利いたのだろう。

（なんだか……何もかも嘘《うそ》みたい……）

ぐったりとベッドに身を預けながら手にした一輪のピオニーを見つめると、ルーチェは今日一日の出来事を振り返る。

管弦楽団が奏でる優美な調べの中、彼と一緒に好みの宝石やドレスを選んでいった。

時折、食事などの休憩も挟みながらたっぷりの時間をかけて。

その間、シルヴィオは常にルーチェを唯一無二の恋人のように丁重に扱い、甘い言葉を囁き続けた。

彼の愛人としての初めての逢瀬は、あまりにも贅沢《ぜいたく》すぎるひとときだった。

高価な品々を好きにオーダーできたからではない。

彼と過ごした時間は、今まで想像したこともないほど甘やかなものだった。

（まるで本当の恋人同士みたいだった……）

時折意味深な視線を投げかけてきては、耳元に囁きかけるように話しかけてくるシルヴィオを思い出すと胸に甘い鼓動がはしる。

初心《うぶ》な反応を楽しむかのように、ことあるごとに親しげに触れてきたシルヴィオ。

肩を抱き寄せられ、頬《ほお》を指でくすぐられながらの彼との甘いやりとりは、本物の恋人同士さながらで――思いだすだけで顔が熱く火照ってしまう。

（ただ単に女性の扱いに慣れているだけ……からかわれているだけ。私がああいうことに慣れていないのを知って……）

そう思いこもうとしても、どうしても脳裏から彼の姿を追い出すことはできない。

あまりにも現実味がなさすぎて、夢でも見ているのではないかと今さらのように頬をつねってはみるがしっかりと痛い。

頭が靄《もや》がかかったかのように、まともに思考が働かない。

彼の赤い双眸、唇の感触を思い出しては幾度となくため息ばかりついてしまう。

（まだシャンパンの酔いが回っているのかしら……）

きっとそうに違いない。

そう自分へと言い聞かせるが、アルコールに罪をきせていることくらい分かっている。

ルーチェは水差しからカップへと水を注ぐと、丁重な手つきでピオニーを挿《さ》した。

それをベッドのサイドテーブルの上へと置き、再びベッドへと横になると飽かずにいつまでも見つめ続ける。

心身共にくたびれきっているはずなのに、興奮の余韻がいまだに身体の奥で燻《くすぶ》っていて、なかなか寝付けそうにない。

顔と胸が燃えるように熱い。

ルーチェはサイドテーブルの引き出しから手鏡を取り出すと、ベッドに仰向《あおむ》けになって自分の顔を確認する。

困ったような表情を浮かべた顔は炎にあぶられたかのように朱に色づいていた。

だが、それだけではない。

「――っ⁉」

首筋のところに痣のような痕が刻まれているのに気付いた瞬間、心臓がドクンと跳ねる。

（シルヴィオ様の……唇の痕……）

彼にうなじを強く吸われたときの高揚感を思い出して、ぶるりと身震いした。

（確かに……この痕を見るたびに彼のことを思いだしてしまう……）

シルヴィオの謎めいた発言の意味をようやく身を以《も》って知ったルーチェは、うなじの痕へとそっと触れると深い吐息をつく。

（これは彼の愛人、所有物としての証《あかし》……）

刹那、妖しい興奮が滾《たぎ》り身体の奥底が熱を持ち、くるおしいほどの衝動に駆られる。

（どうしよう……）

今さら自分はとんでもない罠にかかってしまったのでは――という気がして、ルーチェは痕を見まいとしてきつく目を閉じた。

それでも胸の鼓動は一向に収まりそうもない。

（こんな状態で……今までどおりの生活をしていかなくてはならないなんて……先が思いやられる……これも全ては彼の罠？）

いつの間にかシルヴィオの存在が自分の心身の奥深くを浸食していたことに気が付いて愕然とする。

ルーチェは胸にさげたネックレスのチャームを両手で握りしめると祈りを捧げた。

（どうか……彼に抵抗する勇気と力をお与えください……もうこれ以上罪を重ねずに済みますように……）

すでに神の教えに背く恐ろしい契約をシルヴィオと交わしてしまったのに——こんな願い事をしてしまうなんて図々しいにも程がある。

強い罪の意識に苛《さいな》まれながらも、どうしても祈らずにはいられなかった。

シルヴィオの魔の手が着実に自分を蝕《むしば》みつつあるのを感じながら。

ж　ж　ж

「つくづく欲というものを知らない少女だな——」

寝室にて——シルヴィオはカストに命じて花瓶に活けさせたピオニーを手の平で掬《すく》うように

してとると、ため息を一つついて憂いを帯びた目を細めた。

ピオニーの花言葉は清らかな恥じらい。加えて芯の強さという意味をも併せ持つ。

「まるで彼女そのものだな」

一瞬厳しい表情が緩むも、再び渋面を浮かべて彼女とのやりとりを思い出す。

どれだけ高価なドレスや宝石よりも、ルーチェの目を引いたのはなんの変哲もないこの一輪の花だった。一体彼女にとってどれだけの価値がこの花にあるというのだろうか？　ものの価値は人によって異なるものではあるが、それにしても彼女の価値観はとびぬけて一般的なそれとはあまりにもかけ離れていた。

煌びやかな宝飾品も、自分の甘い囁きすら、何の変哲もない花には敵《かな》わない。

そう思うだけで、沸々と得体の知れない黒々とした感情が湧いてくる。

今まで欲しいものは全て手にいれてきた。入手が困難なものであればあるほど闘争心は駆り立てられ、世界に一つしかない品々すらもありとあらゆる手段を駆使して入手してきた。それこそ手段は選ばずに――

だからこそ、自分に手に入らないものなどないと自負していたし、実際に自分の元へと寄せられる依頼は入手が困難なものばかり。

そのはずなのに――

「たかが少女一人の心すら手に入れることができないとはな」

自嘲めいた笑いを噛み殺すと、シルヴィオは壁に飾られた鏡に映る自分の姿を見据えた。

赤い目には仄暗《ほのぐら》い情欲の炎が見え隠れしている。

異様なまでの飢餓感が胸を焦がしていた。

自分とはまるで異なる価値観を持つ少女。

彼女が心を寄せるものの秘密を解き明かしたい。そう思う自分自身に驚きを禁じ得ない。

「この私が何かに執着するなど――ありえない」

全てはひとときの遊戯に過ぎない。彼女との関係もそうなるはずだった。

だが、知れば知るほど謎はよりいっそう深まっていき、さらに知りたくなる。

「………………」

シルヴィオの脳裏に、ルーチェが見せた甘い反応がよぎる。

まだ何も知らない無垢《むく》な少女が時折垣間見せる牝《めす》としての欲望は、想像以上に牡《おす》の本能を駆り立てるものだった。力づくでも独占して、欲望一色に塗りつぶしたくなる。

「――私だけのものにしたくなる」

低い声を震わせたかと思うと、シルヴィオは手のひらに載せていたピオニーの花をひと思いに握りつぶした。

ピンク色の花びらが大理石の床へと舞い落ちていくのを眺める彼の横顔には、飢えた獣を彷《ほう》彿《ふつ》とさせる黒い笑みが浮かんでいた。

第四章　恐るべき贈り物

（……シルヴィオ様のお城に招かれるなんて……初めて……）

ルーチェは、先導するカストの背中を見つめながら、緊張の面持ちで胸に提げたネックレスを握りしめて胸の内で呟く。

いよいよその時がやってきたに違いない。

重たいものが胸の奥へとのしかかり息が詰まりそうになる。心が掻き乱され、身体の奥から心臓のせわしない鼓動が突き上げてくる。

初めての秘密の逢瀬から約二週間が経《た》とうとしていた。

あれから大体三日おきに呼び出されはしたものの、どれも短い時間の逢瀬ばかりで彼の食事やお茶に同行するだけ――シルヴィオはルーチェの首筋の痕を刻みなおすだけでそれ以上の行為には及ぼうとしなかった。

だが、今日はいつもと違う。

カストのどこかものものしい態度といい、シルヴィオの城へと連れてこられたことといい、女の直感とでもいうべきものが警鐘を鳴らしていた。

いくつもの壮麗な尖塔《せんとう》をもつシルヴィオの居城。今まで遠くから眺めるだけだった城に招かれるなんて思いもよらなかった。

ただし、招待とは言っても正面玄関からではなく使用人専用の出入り口と通路を使っての移動――そのことがルーチェの感じやすい心をいためつけていた。

(まるで罪人みたい……こんなに人目を避けて……コソコソと……)

素性が知れないようにと、頭からヴェールをかぶらされたルーチェは胸の内で呟く。

愛人という存在がいかに歓迎されない存在であるか、改めて思い知らされたような気がしてならない。

使用人たちから注がれる好奇の視線から逃れるように目を伏せて足早にカストの後をついて歩いていく。

いよいよ愛人としての役割を果たすべき時が近づいているのだと考えてしまうだけで、この場から逃げ出したい衝動に駆られる。

恐ろしい獣が爪と牙を研ぎ澄ませてこの先に待ち受けているに違いない。シルヴィオの鋭く赤い双眸を思い出すだけで背筋がゾクリとする。

今度こそどんなにおぞましくも恥ずかしい行為を強要されるかしれない。

追い詰められ、断崖絶壁に立たされたかのような感覚に生きた心地がしない。

それなのに、どういうわけか身体の奥深くが熱を帯びていく。

(どうして……こんなの……嘘よ……)

理解しがたい自身の反応に困惑する。

彼のしなやかな長い指を思い出しただけで、熱いため息をついてしまいそうになる。

ルーチェは無意識のうちに首筋の淫らな刻印へと触れていた。

カジノで弄ばれたときよりもさらに恥ずべき行為をされてしまうに違いない。シルヴィオの意味深な言葉の数々が鮮明に思い出されて惑乱に拍車がかかる。

それがどんなものか想像もつかないが――自分には拒否する権利はない。

（すべて……シルヴィオ様の思うように……されるがまま……従うしかない……それが愛人としての務めなのだから……）

胸の内で呟いた途端、とくんっと甘い高鳴りが全身へと響き渡る。

大人の色香を持ち、妖しい雰囲気をまとう美丈夫な紳士シルヴィオ。

彼の大胆不敵な行為とサディスティックなふるまいはまるで危険な媚薬のよう。

また酔わされてしまうのだろうか？

ルーチェは眉根を寄せると、胸に渦巻く熱風を逃そうとでもするかのように、長く深いため息をついた。

ж　ж　ж

使用人専用の狭い廊下と螺旋《らせん》階段を通り抜けて。

ルーチェが通されたのは、小さくはあるが素晴らしく豪奢な装飾が施された部屋だった。

赤地の壁紙には繊細な金のアラベスク模様が散りばめられており、優美な曲線が目を引く腰壁には同じく金のモールドが施されている。

四隅に浮彫が施された柱を持つ天蓋つきのベッドにはピオニーの大輪が刺繍《ししゅう》された重厚なカバーがかけられており、アンティークと思《おぼ》しきサイドテーブルやチェストにも同様の絵が描かれている。

ベッドのサイドテーブルに飾られた大きな花瓶にはピオニーの花束が飾られていた。

「………………」

驚きのあまり言葉を失ったルーチェは、しばし部屋の入口にて呆然《ぼうぜん》と立ち尽くしていた。

(ピオニー……私が好きだって言ったから)

有言実行とばかりに毎日部屋へと届けられるピオニーの花束に加えて、まさかこんなサプライズまで用意されているとは思いもよらなかった。

全てが特注の品々であることは一目瞭然だった。初めての逢瀬でさまざまな好みを聞かれたのはこのためだったのだ。ある程度予想はできたものの、さすがにここまでとは思いもよらなかった。彼からの特別な贈り物にルーチェは戸惑いを隠せない。

「何を間抜けな顔をして戸口に突っ立っているのですか？　シルヴィオ様をお迎えする支度を整えねばならないというのに——まったく悠長な」

苛立ちを隠そうともしないカストの言葉に我に返ると、ルーチェは慌てて部屋の中へと入っていく。

白いドレッサーには大粒のルビーをあしらった髪飾りやネックレスなどが並べられており、ソファの背もたれには目にも鮮やかなドレスがかけられている。

ルーチェはまるでおとぎ話の世界に迷い込んだかのような錯覚を覚える。

「すぐにメイドを寄越しますから、身支度を整えてシルヴィオ様をお待ちするように——くれぐれも逃げ出そうなどという愚かな考えは捨てなさい。いいですね？」

そう言い残して、カストはルーチェを部屋に残すと今来た道を戻っていった。

壁の一部がスライドしたかと思うと、たった今彼が出ていった戸口が消える。

（隠し扉……ここは秘密の部屋なんだわ……わざわざこんな部屋を用意するなんて……私なんかのために……）

思わぬところで胸が甘く高鳴り、ルーチェは慌ててそんな自分を否定する。

（違うわ。私のためというよりは……愛人のため……そうに決まってる……）

そう言い聞かせて、必死に胸の高鳴りを抑え込もうとする。

しかし、女子修道院暮らしの身には、シルヴィオが仕掛けてくる何もかもがどうしようもなく刺激的すぎて。もろもろ勘違いしてしまいそうになる。免疫というものがまったくなきに等しいためそれも仕方ない。

（勘違いしては駄目……罠なのだから……）

からかいを帯びたシルヴィオの笑いを思い出しながら必死に平静を取り戻そうとするが、胸の高鳴りは一向に収まりそうもない。

ルーチェは切羽詰まった表情のまま、観念したかのように目を瞑《つぶ》った。

ж　ж　ж

「――少しは見られるようになったようですね」

カストの毒を含んだ褒め言葉にルーチェは眉をひそめる。

彼からはとあるごとに自分に対する敵意のようなものを感じずにはいられない。ひょっとしたら誰に対してもそうなのかもしれないが。

ルーチェはドレッサーの鏡に映る自身の姿を信じられない思いで見つめていた。

（……これが私……別人みたい……）

メイドたちの手によって湯浴《ゆあ》みをさせられ入念に化粧を施され身支度を整えた姿は、いつもの自分とはあまりにもかけ離れていて違和感を覚える。

特注のドレスの色は一際鮮やかな深紅。胸元が大胆に開いたデザインをしており、華奢《きやしや》な肩までもが剥《む》き出しになっている。

ただし、カジノの時に着せられたドレスとは異なり、裾にスリットが入っているような扇情的なデザインではないのがせめてもの救いだった。

パフスリーブにプリンセスラインのドレスは、こういった事情さえなければ、女性なら誰もが憧れるような可憐《かれん》なものだった。そう、ちょうどエヴァがオークションの時に着ていたドレスにも似ている。おそらく流行《はや》りの型なのだろう。

流行の型を取り入れた特注のドレスに身をつつみ、大粒のルビーをあしらったロゼッタタイプの髪飾りをつけ、化粧を施《ほどこ》された鏡の中の自分を見ていると、子供の頃に憧れていたおとぎ話のヒロインにでもなったような錯覚を覚えてしまう。

「そろそろおいでになる時間です」

カストが懐中時計の蓋を開いて目を落としたちょうどそのときだった。

ドレッサーの後ろにあたる壁の一部がかすかな音と共に浮かび上がったかと思うとスライドして、シルヴィオがアスコットタイのシャツに細身のズボンにブーツといったいでたちで姿を現した。

彼の姿を鏡越しに目にした瞬間、ルーチェの心臓が太い鼓動を刻んだ。

隠し扉はカストに案内されたものとは別にもう一つあったようだ。彼の背には重厚な造りの書棚と書斎机とが垣間見えた。どうやらこの秘密の部屋は彼の書斎、もしくは執務室の隣につくられたものらしい。

鏡越しに彼と目が合うと同時にルーチェは息を詰まらせると、咄嗟《とっさ》に目を逸らしてしまう。

「……っ」

心臓が壊れてしまうのではないかというほど激しく脈打ち、全身に熱い血潮が駆け巡る。頬が異様なまでに熱く火照っている。

彼の城に特別につくられた秘密の部屋にて——これから何が起こるか。

妖しいまでの興奮が昂《たかぶ》り、彼の姿を正視できない。

シルヴィオはそんな彼女の混乱した心中を見透かしてでもいるかのように、余裕めいた微笑《ほほえ》みを浮かべて赤い目を細めてみせる。

ルーチェは緊張に強張《こわば》った笑顔を浮かべてみせると、ドレッサーの椅子からたちあがってぎこちない動きで後ろを振り返った。

シルヴィオが悠然とした足取りで歩み寄ってくると、彼女の手をとって甲に口づけ、恭しく一礼してみせる。

「ようこそ——我が城へ。この日をどれだけ待ちわびたかしれない」

「…………」

言外にこめられた意味を察し、ルーチェの白い頬に朱が散らばる。

「私からの贈り物は気に入ったかね？」

「……私にはもったいないくらいです」

「全て君のためだけに特別に用意させたものだ。この部屋もドレスもアクセサリーも君にこそ相応《ふさわ》しい——」

「…………」

彼の甘い言葉にルーチェは身を固くして唇をきつく引き結んだ。

こんなキザな言葉をさらりと口にして、しかもそれが嫌みもなくなじんでいる彼を恨めしく思わずにはいられない。さぞかし女性の扱いに手慣れているのだろう。けして気を許してはならないと警戒する。

「なぜそんな怖い顔をしているのかね？」

シルヴィオは手を伸ばしてルーチェの頬を掌《てのひら》で包み込んできた。

大きくて温かな手が触れた瞬間、ルーチェは反射的にびくっと反応してしまう。

その反応にシルヴィオの切れ長の目が獣じみた鋭さを帯びる。

それに気付いたルーチェは彼の手を振り払って逃れようとした。

しかし、背後から腕を掴《つか》まれ捕えられてしまう。

「なぜ逃げようとする？」

背後から抱きすくめられてもがくも、目の前には姿見があり――鏡越しに赤い目で射抜かれてしまう。

（……動け……ない……）

まるで金縛りにでもあったかのように身体の自由が奪われる。燃えるような二つの瞳に吸い込まれてしまいそうになる。

シルヴィオは鏡越しにルーチェを見つめると、ふっと笑みを消して真顔になった。

そして、背後から腕を回して彼女を抱きすくめる。

「できることなら、君をこの部屋に閉じ込めてずっと私の傍に置いておきたいが――」

「っ⁉」

危険な台詞を耳元で囁かれた瞬間、ルーチェは肩を跳ね上げて目をきつく瞑る。

香水をまとった彼自身の香りに包みこまれ、重低音の甘い囁きに身も心もたちまち蕩《とろ》けてしまいそうになる。彼の声はまるで魔法の力を持つかのようにたやすくルーチェを翻弄する。

全身全霊がシルヴィオへと注意を向けていた。

「無理強いをするつもりはない。まだ君のほうの準備は整っていないだろう？」

シルヴィオは自嘲めいた言葉を口にしながら、鏡越しにエメラルドの目を見つめた。ルーチェの心の底を見透かそうとでもするかのように。

ルーチェは即座に目を逸《そ》らすと、彼に気づかれないように吐息を洩らす。

（無理強いはしないって……だけど本当に？）

何もかも結局は自分の思い通りにしてしまう彼のことだ。何かまたよからぬ罠《わな》が仕掛けられているのではと疑わずにはいられない。

それを察したシルヴィオは肩を竦めてみせた。

「もう少し恋人の言うことを信じてはどうかね？」

「……シルヴィオ様は……油断できませんから……」

「随分な言われようだ。しかし、いかにも君らしい率直な言葉だな。実に興味深い。君のような女性は初めてだ」

「……そんなに珍しくもないと思います……けれど……」

「いや、なかなかどうして珍しいものだ。ネックレス一つに全財産を投げ打とうとしたかと思えば、宝石やドレスよりもたった一輪の花のほうがいいと言う。私相手にも取り繕おうとはせずに率直な態度で接する」

「………」

言われてみれば――確かに珍しいのかもしれない。

ルーチェが戸惑っていると、シルヴィオは彼女のこめかみにキスをして言葉を続けた。

「その理由を知りたい――」

今まで散々彼女を翻弄してきた掴みどころのない退廃的な微笑みが消え失《き》せ《う》た。

赤い瞳には真剣な――どこか思いつめているかのような光が宿っている。

（まさか……本気なの？）

ただの戯れという言葉では済まされない気迫のようなものを感じてルーチェの戸惑いに拍車がかかる。

しかし、そう簡単に信じてしまうわけにはいかない。彼がいかに自分より上手《うわて》な人間かは折に触れて思い知らされてきたのだから。

（本気なわけない……きっとそういう素振りを見せているだけ……）

「……からかわ……ないでください……」

「なぜからかっていると思うのかね？」

「それは……」

シルヴィオの質問に答えに窮してしまう。

どんな答えも一歩間違えれば変に誤解されてしまいそうで口にするのは憚《はばか》られる。そもそも自分でも彼に対する感情が一体どういった類のものか理解していないというのに、不用意な言葉を口にできるはずもない。

「私が本気だと信じるのがそんなにも怖いのかね？」

「っ⁉」

的を射た彼の発言に、ルーチェは息を呑んだ。

それを見てとったシルヴィオは黒い笑みを浮かべると、歌うような口調で言った。

「──答えは君の身体に直接尋ねるとしよう。身体は嘘をつけない」

「っ⁉」

ルーチェは慌てて彼の手を振りほどこうとする。

だが、もう遅い。シルヴィオは彼女のうなじへと唇を押しあてたかと思うと、消えかかっている淫らな刻印を新たに刻み直した。

「あ……ぁ、ま、待って……くだ、さい……」

「──もう十分すぎるほど待ったつもりだが？　これ以上待てというのかね？」

獰猛《どうもう》な欲望を剥き出しにした獣の声色が、ルーチェの理性に激しい揺すぶりをかける。

（十分すぎるほど待った？　でも、それはなぜ？）

尋ねようと口を開くが、立て続けにうなじへと押し付けられる熱い口づけに甘い反応をしてしまわずにはいられない。

「ン……あ、あ……い、や……ぁ……やめ……ン、ンン……」

鏡に映る悩ましい自分の表情はとても見られたものではない。

視線を彷徨わせながら、ルーチェは制止の言葉を口にしようとするが、解かれた唇からは自分のものとは到底思えないほど艶《つや》めいた声が洩《も》れ出てきてしまう。

（唇の痕……そんなにつけては……いけないのに……）

いやらしい痣が次々とうなじへと刻まれていく様子に時折目をやりながら、ルーチェは彼の腕の中で身を捩りながら煩悶《はんもん》する。

懸命に彼の唇から逃れようとするが、そうすればするほどシルヴィオはまるで彼女に見せつけるかのように首筋へと舌を這《は》わせつつ唇の痕を残していく。

それは獣が自分の獲物を他にとられまいとして痕を残す行為さながらで――

ルーチェは妖しい興奮に苛《さい》まれながらも、かろうじて残った理性を奮い立たせて健気《けなげ》な抵抗をやめない。

「逃げずともいい。先ほども言ったが無理強いはしない」

「……本当……に？」

「――ああ。だが、いずれ君は自分から欲しがるようになる。そうさせてみせる。これからするのはそのための仕込みのようなものだ」

「っ⁉」

自信と確信に満ちた彼の言葉がルーチェの胸を貫く。

（嘘よ、そんな……私が欲しがる？　自分から？　ありえない……）

反論しようと口を開くも、肝心の言葉が出てこない。喘《あえ》ぎにも似た声をあげて乱れた吐息しかつくことができない。甘い愉悦にたちまち融《と》かされてしまう。

「恋人として互いに心おきなく求めあえるように――私が導いてあげるとしよう」

意味深な言葉にルーチェは目をしばたたかせながら、彼に問いかけるようなまなざしを向けた。どういうつもりで恋人という言葉をわざわざ使うのだろう？　はっきりと愛人と言ってしまえばいいのに……。

シルヴィオはルーチェの顎を背後から左手で掴み、その長い人差し指を彼女の唇へとねじ込ませ、中をねっとりとした動きで掻き回し始めた。

唾液が口端から滴りおちる様がいやらしい。舌を掻《か》き回《まわ》されるだけで頭の芯がぼうっとなり、ルーチェは目を細めて鼻から抜けるような声を洩《も》らしてしまう。

（駄目……変な気持になって……）

ただ舌を弄《いじ》られているだけのはずなのに、彼にされるとものすごくいやらしい行為をしているかのような錯覚を覚えてしまう。

しかし、彼の薬指に光る指輪がどうしても気になって愉悦に溺れることまではできない。

「まずは、私の指を覚えているか、確かめてみるとしよう」

「っ⁉」

唇の中を指でまさぐりながら、シルヴィオはもう片方の手でルーチェのドレスの裾をたくしあげていく。

「や……ぁ……覚えて……なん、か……いま、せん……」

「口ではどうとでも言える」

「そんなっ⁉」

ルーチェは彼の腕から逃れようともがくが、見た目の優美さとは裏腹に逞《たくま》しい腕に動きを阻《はば》まれてしまう。

「――少しの間静かにしていなさい」

「……っ」

不意にヒップを平手打ちにされ、ルーチェはびくっと全身を波打たせて目を見開いた。

少し遅れてむず痒《がゆ》いような感覚がヒップの表面から滲《にじ》んできて――ぞくりとする。

「いい子だ」

シルヴィオは満足そうに尻たぶを撫でたかと思うと、形のよいヒップを包む薄布に手を差し入れて剥《む》いていった。

「鏡に両手をつきなさい」

優しい口調でありながら、一切の反論を赦さない語気でシルヴィオはルーチェに命じた。

ルーチェは躊躇《ためら》いながらも、命令に従う他ない。

背後のシルヴィオを気にしながら、おずおずと両手を鏡について前かがみになった。

シルヴィオが嗜虐的《しぎゃくてき》な笑みを浮かべると、ヒップの下へと指を挿入《い》れていく。

「っ⁉　ン……あ、あ、あぁああ……」

カジノ以来、異物が中へと侵入してくる感覚に肩をわななかせながら、ルーチェは上ずった声をあげてしまう。

思わず力んでしまい、結果、狭い蜜壺が収斂《しゅうれん》する。

「いやらしく締め付けてくる。やはり覚えていたようだな」

満足そうに呟く彼にルーチェは何も言葉を返すことができない。

「この様子ならば次の段階に進んでもよさそうだな」

シルヴィオは意味深な言葉を口にすると、傍に控えていたカストへと目配せをした。

カストが恭しく頷《うなず》いてみせると、胸元に手を差し入れて小さな小箱を主へと差し出す。

小箱を受け取ると、シルヴィオは蓋《ふた》を開いて中身を取り出し、ルーチェの目の前へと突きつけた。

「私の恋人になった証として、改めて君に贈りたいものがある」

「…………」

それは不思議な形をしたオブジェだった。

クリスタルをよく研磨して丸みを持たせたものらしく、長さは十センチ程。太さは直径三センチ程度の円柱型のもの。わずかに歪曲《わいきょく》しており片方には一部に出っ張った箇所がある。キノコのような形をしているように見えなくもない。表面にはところどころに大粒のルビーが散りばめられていて凹凸がある。

ルーチェが訝《いぶか》し気《げ》に首を傾げていると、シルヴィオは笑いを噛み殺しながら彼女の唇へとそれをあてがった。

「これが何か、やはり君は知らないようだな」

「……ン……ぅ」

唇にひんやりとした感触が触れ、ルーチェは目を細めて小さな声を洩らした。

「私が教えてあげるとしよう」

熱を帯びた低い声でそう言うと、シルヴィオはルーチェの手をとって自らの半身へと運んでいく。

ズボン越しに雄々しい硬さに触れた途端、ルーチェは弾かれたように手を離してしまう。

（これって……まさか……）

カジノで背後から押し付けられていたものに違いない。

それに気づいた瞬間、心臓が太い鼓動を刻み、得体の知れない恐れが襲いかかってくる。

だが、シルヴィオは再び彼女の手をとると漲《みなぎ》りへと触らせ、同時に唇をつついていただけのオブジェを口の中へとねじこんだ。

「ン⁉　ンむ……ん、ンン……」

「大きさは異なるが——同じ形だと分かるだろう？　舌で確かめてみなさい」

唇の中に突き入れたオブジェを緩やかに引き出しては再び奥へと突き入れるという前後運動を繰り返す。

「……っ⁉　ンン、っふ……んんん……」

（これと……同じ……もの……）

男性の化身を手で触らされながら、同じ形のもので口を犯されている。

つい手で触れているものが自分の口を犯しているのだと想像してしまい、ルーチェの胸は妖しくざわつく。

頭の芯がゆっくりと融けていくかのような、ひどくいやらしい興奮が生真面目な性分の奥のほうから引きずり出されていく。

必死に抵抗しようとするが、無意識のうちに手は半身を握りしめていた。

それを見てとったシルヴィオはベルトを外すと、いきり勃《た》った獣を外へと取り出した。

「っ⁉」

ルーチェは自分の目を疑う。

（嘘……よ、こんな……だなんて……）

女性と見まがうほどの優美な顔立ちからは想像もつかないほど、それは凶悪な姿形をしていた。太さと長さもさることながら、天を衝《つ》くように隆々と反り返っている。

確かに口の中をまさぐるものと形は似ているが、大きさと太さがあまりにも違いすぎる。

ルーチェの動揺を悟ったと思しきシルヴィオが彼女へと告げた。

「私が君を無理やり奪えない理由がこれで分かっただろう？」

ルーチェの手でそれをそっと握らせると、自らの手を添えて程よい圧で前後へと動かす。

（熱い……）

滑らかな感覚と熱、そして内側から弾《はじ》けんばかりの力強さを手のひらに感じながら、ルーチェは教わるままに手を動かしていく。

「……ああ、そうだ。上手だ」

シルヴィオは彼女の頭を撫でながら、熱いため息をついた。

彼の低い声がやや上ずっているのを感じたルーチェは、驚きながらもだんだんと大胆に手を動かしていく。

自分に死ぬほど恥ずかしいことを仕掛けてきたときですら涼しい顔をしていた彼の表情が愉悦に歪む様子に触発され、せめて一矢報いてやろうとでもいうかのように。

いつしか彼の手が離れていることにも気づかずにルーチェは手で奉仕を続けていく。

自らの胸元に揺れる祖母の形見のネックレスとロザリオが視界の端によぎるたびに罪悪感に駆られながらも手を止めることはできない。

（……信じられない……こんなことをしているなんて……）

結婚すらしていない身の上でこんなはしたないことをしているだなんて——エヴァやシスター、今は亡き両親や祖母にあわせる顔がない。

シルヴィオの存在はルーチェを捕えて離そうとしない。

「……っ……君は本当に真面目だな。こんなにいやらしい命令にすら従い、無意識のうちに上達しようとしているようだ」

シルヴィオは淡い微笑みを浮かべると、ルーチェの口中を蹂躙《じゅうりん》していたクリスタルの塊《かたまり》を取り出した。

鏡の中、唾液が糸をひいて宙へと消えていく様子があまりいもいやらしくて、ルーチェの淫らな気持ちに拍車がかかる。

「はぁはぁ……」

口端から唾液を伝わらせ、息を弾ませながら鏡に映った淫らに蕩けた顔に眉をひそめる。

「いい表情《かお》だ。もう君はすでに女として花開き始めているようだ」

陶然とした口調で言うと、シルヴィオはルーチェの丸みを帯びたヒップの下に息づく秘所へと再び指を差し挿入れていく。

「ンッ！　あ……や……ぁああ……」

「かなり濡《ぬ》れてはいるがまだ少し固いか――解《ほぐ》しておいたほうがいい」

シルヴィオはそう呟くと、指を狭い膣内でくねらせつつ、はしたない音をたてながら掻き回し始めた。

「や、やめ……て。ンン、ああ、あぁああ……」

ルーチェは眉をハの字にすると、彼の指責めに身を悩ましげにくねらせる。

カストが傍に控えているにも構わず、シルヴィオはよりいっそう熱を込めてルーチェをいやらしく責め立てていく。

相変わらずどこまでも大胆不敵な彼に、ルーチェは慄《おのの》かずにはいられない。

視界の端に映るカストの姿を意識しながら、唇をきつく噛《か》みしめて、喘ぎ声が外に出てこないようにしようとする。

だが、そうすればそうするほど、指の動きはよりいっそう執拗《しつよう》なものへと変化していく。

「っ⁉　う……っく……駄目……です……これ以上、は……」

「これほど物欲しげに絡みついてきながら、一体何が駄目だというのかね？」

「……っ⁉　あ、あぁあ……」

意地悪な彼の言葉にルーチェは耳を塞ぎたい衝動に駆られる。

しかし、とてもそんな余裕はなく、さらには手は淫らな奉仕の最中。指の責めも言葉の責めも甘んじて受ける他ない。

シルヴィオの指に悶《もだ》えくるわされ、ルーチェは何度も昇り詰めてしまう。

カストの存在も悦楽の彼方《かなた》へと遠のいていった頃になって、ようやくシルヴィオの指の動きが止まった。

「この様子であれば――もう大丈夫だろう」

何がもう大丈夫だというのだろうか？

いやな予感がして、ルーチェが顔をあげたそのときだった。

指よりも太いひやりとした感覚が、いきなり熱くうねる蜜壺を深々と貫いた。

「ッ⁉　ンン……や、や、め……て。な、何……を……して……」

指とはまた異なった無機質なものに敏感なところを押し拡《ひろ》げられ、ルーチェは身をこわばらせて目を大きく見開く。

「さきほど君の口の中に挿《い》入れていたものを君の大事なところへと収めたのだよ」

いちいち言葉で説明されると、よりいっそう中に挿入れられたものの存在を強く意識してしまう。強烈な違和感と同時に妖しい気持ちが胸をがんじがらめにしていく。

「ど……う、して……こんなこと……を……」

「私の恋人としての務めと言えば君は納得するかね？」

彼の皮肉めいた言葉に心臓が踊り、鋭い鼓動が轟《とど》ろいた。

「想像したまえ――いついかなるときでも君はこのいやらしい玩具《おもちゃ》を挿《い》入れたまま過ごさねばならない。礼拝のときも奉仕活動に励むときも……親友とおしゃべりをしているときですら外してはならない」

「あ、あ、あぁああ……」

彼の意地悪な言葉にまともに耳を傾けては駄目だと分かっているのに、その色香溢《あふ》れる囁きからは逃れられず、つい想像してしまう。

（この人は……なんて恐ろしい命令ばかりしてくるの……）

ただでさえ愛人という秘密を抱えているというのに、さらなる秘密を抱え込むなんて。

ルーチェは青ざめる。

しかし、同時に恐ろしくも妖しい誘惑にも駆られてしまう。

（いついかなるときでも……私はシルヴィオ様だけのものだって……今まで以上に意識してし

まうことになる……）

それは、首筋に刻みこまれた刻印よりもより強固で淫らな縛《いまし》めに違いない。

想像するだけで心が妖しく掻《か》き乱《みだ》され、胸がきつく締め付けられる。

「なぜ……そこまで……」

「君の頭の中を私のことだけで埋め尽くしたくてね――そのためならば手段は選ばない」

そう言うと、シルヴィオはルーチェをその場へと跪《ひざまず》かせた。

そして、目の前に自らの半身を突き出して冷ややかに「今度は口でしなさい」とさらなる恐ろしい命令を下したのだった。

「――っ⁉」

口で⁉　一瞬、ルーチェは何を命じられたか呑み込《こ》めなかった。

だが、目の前に迫りくる牡《おす》の化身にすぐに理解が追いつく。

（どこまでも私を辱めることによって……けして忘れられないような強烈な記憶を植え付けるつもりなんだわ……）

それこそがシルヴィオの独占の形なのだとようやく悟る。

刹那、ルーチェの喉が嚥《えん》下《げ》の動きを見せた。

気がつけば、彼女は牡の化身を両手で捧《ささ》げ持《も》つと、震える唇を開いて顔を近づけていく。

そして、恐るおそる肉棒を咥《くわ》えてみる。

口の中を張りつめた屹立《きつりつ》が占拠し、あまりの息苦しさにえづいてしまいそうになる。

しかし、それを堪《こら》えて先ほどの彼の手の動きを思い出して、ゆっくりとではあるが頭を前後に動かしてみる。先走りのしょっぱい味が口に広がり、むせてしまいそうになる。

「ンむ、ン……は、ぁはぁ……んちゅ……ン……」

「……そうだ。いい子だ。歯を立てないように。舌を絡めてみなさい」

「ンン、っふ……んむっ……ん、ン、ンンン……」

彼に命じられたとおり舌を躍らせてみると、シルヴィオの美貌が一瞬だけ歪み、唇から熱く悩ましい吐息が洩れる。その陶然とした様子に背を押され、ルーチェは懸命に顔を動かし始めた。

（変な感じ……苦しいのに……嫌じゃない……）

形容しがたい衝動に突き動かされ、ルーチェは唇と舌での奉仕に没入していく。

「やはり呑みこみがいいな――」

シルヴィオが息を弾ませながら彼女の頭を掴んだかと思うと、不意に腰を前へと勢いよく突き出した。

「ン！　ン……ンぁ……はぁ……あぁン」

いきなり喉の奥を太いもので貫かれ、たまらずルーチェは彼の半身を外へと出してしまいそうになる。

それでもかろうじて堪えきると、彼の腰の動きに合わせて頭を動かしてみる。

「はぁはぁ……んちゅ……ん……んんむ……ンンッ」

「……あぁ、上手いな」

褒められると、余計にもっとという気持ちが高まり、口端からよだれを滴らせながら頭の動きをより大胆なものへと転じていってしまう。

（こんないやらしいこと……させられているのに……）

さぞかし屈辱に打ちのめされるとばかり思っていたが、どういうわけか異様な興奮と妖しい胸騒ぎとに苛《さいな》まれる。

誰かに支配されるということが、まさかこんな情動を引き起こすとは思いもよらなかった。いつの間にか目には見えない鎖でゆるゆると心身共にがんじがらめにされていく感覚は恐ろしいほど甘美で危険な罠――だが、それに気がついたときにはもう遅い。

（……怖い……人……きっとこうして何もかも従えてしまうんだわ……）

恐らく何もかもが計算のうちに違いない。こうしてわざと痴態を自分に見せつけるような角度で奉仕をさせているのも……。

信じがたい自分のいやらしい姿を見ているうちに現実感が遠のいていき、夢うつつの世界へと迷い込んだような錯覚に取り込まれていく。

理性が蕩《とろ》けていき、何もかもが愉悦の彼方へと消え失せていってしまいそうになる。

じゅっじゅっという湿ったくぐもった音が豪奢《ごうしゃ》な部屋へと沁み入っていく。

「――この行為は本来は口でするものではない。君がいやらしい玩具を咥えこんだところでするものだ」

「っ⁉」

シルヴィオの言葉にルーチェは目を大きく見開き、一瞬動きを止めた。

しかし、彼の大きな手が彼女の頭を掴んで淫らな奉仕を続けさせる。

(こんなに太いものが……私の中に……)

小さな玩具ですらとんでもないことだと思うのに、こんなにも獰猛な肉杭で貫かれたら――

つい想像してしまい、胸が千々に掻き乱される。

とても信じがたいことだが、同時に腑《ふ》に落ちてもいた。

男女の営みに限りなく近い行為だからこそ、これほどまでにいやらしい気持ちに駆られてしまうのだと。

「ああ――もうそろそろ……だ」

「ン、ンンン……あ、ンむ、ン、ンンーっ⁉」

シルヴィオが本格的に腰の抽送を開始した。

薄い笑みを浮かべながら、ルーチェの頭を両手で掴んで唇と喉とを激しく蹂躙する。

(だ、駄目……も、う……息、が……)

彼の凄《すさ》まじい猛攻に息すらまともにできない。

ルーチェはえづくのをかろうじて堪えながら眉をハの字にさげ、口の中に溢れんばかりの唾液を滴らせながら無我夢中で半身を吸いたてていた。

じゅるりという音と同時にふっくらとした頬がへこむのを目にした瞬間、シルヴィオは低く唸《うな》って下半身の緊張をついに解放した。

「っ⁉　ンンンッ！」

口の中で肉竿が大きくしなったかと思うと、ルーチェの口の中へと塩辛い液体がたちまち広がっていった。

ルーチェは何が起こったのかわからず困惑した表情を浮かべたまま天井を仰ぎ、そのまま達してしまう。

たくしあげられたドレスの裾――剥き出しにされたヒップの下に息づく媚肉が収斂したかと思うと、大量の蜜と一緒に中に収められていた張り型を外へと追い出した。

いやらしい香りの蜜溜まりの中へと落ちていき、ごとりと音をたてる。

「あ……あぁあ……」

羞恥のあまり顔をくしゃくしゃにしながらも、ルーチェは背後を気にしつつ、口の中のものをどうしたらよいか分からずに戸惑う。

すると、シルヴィオは彼女の顔を上向かせ、その唇を優しく奪うと自らの舌で口を清めていった。

精液のしょっぱ苦さと甘く感じる唾液とが混ざり合い、舌同士がもつれあうたびに小刻みに痙攣《けいれん》してしまう。無意識のうちにルーチェはたどたどしい舌づかいではあるが応じてしまっていた。

それに気付いたシルヴィオがより深く舌を突き入れてきて、息もできないほど奥をまさぐってくる。

（息が……でき……な……）

あまりにも激しいキスに息苦しくなり、そこでようやく彼の腕に爪をたてて逃れようとするも、シルヴィオはけして逃そうとはしない。

それどころか、床に転がった張り型に手をのばすと、それを情熱的なキスをしたまま彼女の秘所へと再び押し込んできたのだ。

「ンンッ!?　ンンーッ」

唇と秘所とを同時に塞がれ、ルーチェは全身をガクガクと震わせながらくぐもった声をあげる。

シルヴィオはルーチェの頭を片方の手で掻《か》き抱《いだ》いたまま、玩具で秘所を力任せに掻き回し始めた。

いやらしい蜜が音を立てて飛沫《しぶき》をあげる。中を淫らな道具で抉《えぐ》られるたびに、ルーチェは大きく乱れ喘ぎながらも渾身《こんしん》の力を込めて彼から逃れようともがくが、どうすることもできない。

（……駄目……も、う……）

息も絶え絶えになり、ひっきりなしに襲い掛かってくる恐ろしい愉悦の高波に視界がかすんで意識が遠のいていく。

「――っ!?」

ルーチェは一際激しく四肢を痙攣させたかと思うと鋭い声を発して硬直し、その後全てを弛《し》緩《かん》させた。

ぐったりと首をうなだれ、シルヴィオの腕に全身を預けた。

ж　ж　ж

抵抗が止んだことに気づいたシルヴィオは、ようやく彼女の唇を解放した。

顔を起こした彼の赤い双眸《そうぼう》は恐ろしく獰猛な光を宿している。まなざしはよく研がれた刃《やいば》のように鋭い。

獲物が抵抗すればするほど本能が掻《か》きたてられ、けして逃してはなるものかと貪ってしまった。

「……一時の気の迷いだとばかり思っていたが」

シルヴィオは深いため息をつくと、腕の中で気を失ったルーチェを見つめて秀でた額に唇を押しあてた。

そこはしっとりと汗ばんでおり、彼女にとって先ほどの行為がいかに激しいものだったかを無言のうちに物語っていた。

つい先ほどまで、自分の責めの逐一に鋭敏に反応を示し、羞恥に身悶え咽《むせ》び啼《な》きながら乱れくるっていた少女の痴態を思い出すと、胸の奥に熱いさざ波が押し寄せてくる。

それは今までに誰にも感じたことのない形容しがたい感情だった。

「私としたことが――これではどちらが罠を仕掛けたか分からないな」

「お戯れはいい加減それくらいにされてはいかがですか？」

「――戯れ、か」

カストの忠言に、シルヴィオは渋面を浮かべる。

しかし、それはたった一瞬のことで、すぐに人を食ったような笑みが感情を押しころしにかかる。

「昔も今もそれは変わらない。私にとって全ては戯れにすぎない」

何もかもがひとときの夢。何かに執着してしがみつくほど愚かなことはない。どうせすぐにうつろっていくものに過ぎない。

今までずっとそう信じてきたし、その信念は変わりない――そのはずだった。

「…………」

シルヴィオはまだあどけなさを残した少女の額をいつくしむように撫でながら、軽々とその身体を抱き上げてベッドへと運んでいく。

ベッドへと静かに下ろすと、自らも端に腰掛けてしばらくの間ルーチェの寝顔を眺めていた。

カストはそんな主の不可解な行動に眉根を寄せるが、分《わきま》を弁えて何も言わずに傍に控えている。

シルヴィオはルーチェの胸に光るネックレスを指で弄びながら、独りごとのように呟《つぶや》いた。

「永遠という概念は人が造り出した儚《はかな》い幻想に過ぎない。だが、その幻想を真実だと信じ込む人間にとって果たしてそれはただの幻想と言えるだろうか？」

「……真実……ですか？」

「人によって全ての事実は形を変える。真実などというのも幻想に過ぎない」

「仰《おつしや》る通りだと思いますが」

「この少女はそうは言わないだろうな。我々の住む世界とは違う住人だ」

「…………」

主の言葉の意図を汲《く》みかね、カストは口元に手を当てて考えを廻《めぐ》らせる。もっとも主に近しい存在である秘書として十年以上務めあげてきているがこんなことは初めてだった。

苛立ちと困惑がそのクールな表情をわずかに歪ませる。

「単純で美しい世界に生まれておきながら、何もわざわざ醜く複雑な世界に踏み込まずともよいものを。やはり不思議な少女だ——その理由を知りたくなる」

「知らない世界には惹かれるもの。ただそれだけのことです」

「ああ、確かに——君の言うとおりだ」

シルヴィオはそう答えはしたものの、そのまなざしは安らかな寝息を立てている少女にのみ向けられていた。

第五章　執愛にくるわされて

いつもの夕方の礼拝を終えたルーチェは、聖書を手にゆっくりと注意深く一歩一歩確かめるように礼拝堂の出口へと向かって歩いていた。他の生徒たちはみんなすでに退出した後だった。

その足取りは、まるで酔っているか足を痛めているかのようにおぼつかない。

だが、どうしようもない。恐ろしい秘密に常に苛《さいな》まれているのだから——

（……やっぱりどうしても慣れない……一体どうしたらいいの……）

時折、足を止めて深いため息をつく。

詰襟のワンピースドレスの下にとんでもない秘密をいくつも隠している。

その最たるものは、秘所へと埋め込まれた淫らなクリスタルの張り型だった。最初にシルヴィオの手によって挿入《い》れられてからようやく二週間が経《た》とうとしていた。

まだたったの二週間。しかし、ルーチェにとっては今まで生きてきた中で、気が遠くなるほど長く感じられた日々だった。

彼の腕の中で気を失ってしまった後、気がついてみればあの赤い豪奢な部屋のベッドに寝かされていた。ドレスはそのまま、乱された痕もなく——ただし、例のいやらしい玩具は中に埋め込まれたままだった。

その後、カストに馬車で修道女学院へと送り届けられ、別れ際に彼の主《あるじ》の命令を言付けられたのだった。

用を足すとき以外はいついかなるときであっても張り型を抜いてはならない――と。

とんでもない命令にルーチェは愕然《がくぜん》とした。

こんなものをずっと挿入《い》れたまま暮らすだなんて正気の沙汰ではない。

だが、そんな生活がその日から始まってしまったのだ。淫らな狂気と紙一重《かみひとえ》の日々が。

シルヴィオは毎日のようにカストを迎えに寄越《よこ》してはカジノや城の書斎、例の隠し部屋などでルーチェの身体を好きなように弄《もてあそ》んでいた。そう、まるで玩具のように。

(あの人にとって私は玩具《おもちゃ》みたいなもの……愛人というのはきっとそういう存在……)

胸の内で呟いた瞬間、ずきりと痛みを覚えて再びため息をつく。

(やっぱり……何か期待してしまってるの?)

そもそもは賭けで結ばれた関係に過ぎないのに。遊戯に過ぎない関係に傷つく必要なんてないはずなのに。

心と身体はそう簡単には切り離すことができない。

誰にもいえない特別な行為を重ねれば重ねるほど、心までもっていかれそうになる。否、もうすでにもっていかれてしまっているのかもしれない。ただそれを認めるのが怖いだけで。

(……あの人にとっては……ただの遊戯だって分かりきっているのに……)

何度そう自分に言い聞かせてきただろう。

涼しい表情のまま自分に対して嗜虐の限りを尽くす彼を思い出すと同時に胸がとくんと高鳴り甘く締め付けられる。

（だって、あんなこと……勘違いするなっていうほうが無理があるもの……）

誰にも見られたことのない痴態を強制され——淫らな命令に従うようしつけられ、知らない快感を次から次へと刻み込んでくる。

シルヴィオの苛烈な責めを思い出すだけで身体の奥深くが熱を帯びてくる。それはもはや条件反射と言っていい。

奥が淫らな異物を締め付けて外へと押し出そうとした。

「ン……う……ぅ……」

刹那、ルーチェは前かがみになって小さく呻《うめ》くと下腹部に力を込めて、かろうじてそれを奥にとどめたままやり過ごす。

この忌まわしい玩具のせいで、いついかなるときでも彼のことを考えてしまわずにはいられなかった。シルヴィオはこれを巧みに操ってルーチェを翻弄するのが常だったのだから。

（きっと私がこうなるのも全てあの人の計算のうちなんだわ……）

お気に入りの玩具を常に自分のものとしておかねば気が済まないのだろう。

実際、彼の思惑通りだった。

首筋に刻まれた淫らな唇の刻印と秘密の箇所に埋められた玩具を意識するたびに彼のいやら

しい責めと命令とを思い出してしまい、妖しい衝動に駆られてしまう。

連動して、身体の奥へと埋め込んだ秘密が存在を即座に主張し始め、心身がたちまち昂《たか》ぶってしまうのにはつくづく困らされてきた。

(別に……会うときにだけつけて……普段は外してしまえばいいだけ……)

幾度となく困った衝動に駆られるたびにそうしようと思ったものだ。

しかし、持ち前の生真面目な性分が邪魔をして、結局用を足すとき以外は律儀にずっとそれを膣内に埋め込んだまま女子修道院での日々を送っている。

支障がでないはずはない。ちょっとしたことで少し下腹部に力が入ってしまうだけでも淫具は外へと出てきてしまいそうになる。隔てるのは心もとない薄布一枚だけ。ついさっきの礼拝一つとっても、何度冷や汗をかいたかしれない。

(外してしまいたい……だけど、あの人はきっと見抜いてしまうに違いない……)

だからこそ、こんなにいやらしい命令にも従うほかない。

ルーチェは肩越しに後ろを振り返ると、穏やかな微笑みをたたえた聖母像をすがるように見上げた。

(聖母様……どうかお赦しください……)

胸の内で呟くと、祈るような思いで十字を切る。

結婚は神聖なおこないであって神への誓いでもある。その誓いを破る片棒を担いでいる自分が赦せない。

信仰心の篤《あつ》かった祖母の影響もあって、自分の罪の重さに押し潰されそうになる。救いを求めたいとは思うものの自分にはその資格はない。そう思い詰めてしまう。

と、そのときだった。

不意に背後から肩を叩《たた》かれて、その場に飛び上る。

「――っ⁉」

つい力んでしまい、慌てて下腹部に力を込めると太腿《ふともも》同士をきつく引っ付けて、かろうじて張り型が出てきてしまいそうになるのを防ぐことができた。

しかし、あと少し遅かったら――そう考えると全身の血の気が引いていく。

「ご、ごめん……そんなに驚くなんて思わなくて……」

そこにいたのはエヴァだった。驚いた顔でかたまっている。

「エヴァだったの……ううん、大丈夫。ちょっと考え事してて……かえって驚かせちゃってごめんなさい。何か用？」

ぎこちない微笑《ほほえ》みを張り付かせながら、ルーチェは努めて平静を装う。

その緊張が伝わったせいか、エヴァもつられて硬い笑顔を浮かべて気まずそうに視線を彷徨《さまよ》わせながら言葉を続けた。

「え、っと、お母様からお菓子の差し入れが届いたんだけど……久しぶりに一緒にどうかなって思って。最近、ルーチェなんか忙しいみたいだし……無理かもしれないけど……」

エヴァの久しぶりの誘いに胸が躍る。すぐさま了承しようとするも、例のいやらしい張り型が存在を主張してきて邪魔をする。

それでも——せっかくのエヴァの誘いだけは無碍《むげ》にしたくはなかった。

「大丈夫よ。誘ってくれてありがとう。いただくわ」

「っ⁉　うん！」

ルーチェが頷いてみせると、エヴァに満面の笑顔が咲き誇る。

その天真爛漫《てんしんらんまん》な微笑みが異様なほどまぶしく思えて、ルーチェは目を細める。

前々からエヴァは自分にとってまぶしい存在ではあったが、そうはいってもこれほどまでに強く感じることはなかった。

いつの間にこんな風に感じるようになってしまったのだろう？

（きっと……あの人の愛人となってから……）

気が付かないうちに自分を取り巻く何もかもが変わりつつある。

全てはあの人を中心として——

急に怖くなったルーチェは、エヴァの笑顔から慌てて目を背けた。

生まれたときから何一つ不自由なく幸運の女神から祝福されたようなエヴァと恐ろしい秘密を抱えてしまった自分とを比べてしまい、折り重なる心の襞《ひだ》に隠れて蠢《うごめ》く醜く仄暗《ほのぐら》い感情に気づいた瞬間、強い自己嫌悪へと襲われる。

（エヴァは何も悪くないのに。全部私が悪いのに……自業自得なのに……）

どうすればエヴァのようになれるのだろう？

日蔭《ひかげ》ではなく日の下で堂々と暮らし誰からも愛され、またその愛を惜しみなく自分の周囲へと差し出すことができればどんなにかいいか。

そう考えてしまう自分が情けなく、またエヴァに対しても申し訳なくて。

ルーチェは胸を押さえると、彼女に気づかれないようにため息を一つついた。

ж　ж　ж

「すっごくおいしー」

「……ほんと、おいしい」

シスターたちの目を盗んで、生徒は立ち入り禁止とされている鐘つき台へと昇っていった二人は、バターの風味が利いたマドレーヌを頬張《ほおば》って顔を綻ばせていた。

修道院は小高い場所にあるため、鐘つき台からは夕暮れ色に染まる幻想的な街並みが一望できる。

（なんだかものすごく昔のことみたい……ここでこうやってエヴァと一緒に過ごすの……）

ここのところずっと張りつめ通しだった気持ちが和らぎ表情が緩む。

気のおけない親友と一緒に過ごす時間とおいしいお菓子にはきっと魔法のような力があるに違いない。エヴァの母親特製のマドレーヌはとてもおいしいが、今食べているものは格別においしく感じられて、つい笑みまでこぼれてしまう。

厳しい寮生活を送る中、こうやって時折お菓子を持ち寄ってはおしゃべりをしながら食べるのが二人にとってのささやかな楽しみだった。

生真面目なルーチェは最初こそ規則を破ることを良しとしなかったが、エヴァにぜひにと押し切られて付き合ううちに、どんな規則にも例外はあるものだと方針を変更したのだ。

禁じられていることには抗《あらが》いがたい魅力があるものだと知ったのも、この秘密がきっかけだった。

最初に規則を破るときには罪悪感に駆られたものだし、秘密がばれてしまったらどうしようと不安だったものだが、今となってはあまりにも他愛《たあい》もない秘密としか思えない。

（いずれ……あの人との秘密ともそうなる日が来るのかしら……）

ルーチェは一抹の希望に少しだけ救われたような気になる。

「やっぱりルーチェと一緒に食べるお菓子は格別だわ。なんでかしら」

「ありがとう。私も今度おいしいお菓子探して買っておくから」

「うん、楽しみにしてる♪」

こんな風にエヴァと無邪気に笑い合うのはものすごく久しぶりな気がしてなんだか泣きたくなる。ここのところ気まずかった硬い雰囲気がまさかこんなにも簡単に解けていくなんて思いもよらなかった。

ルーチェが目をしばたたかせていると、エヴァが冗談めかしてじゃれついてきた。

「こら、もー、そんなに泣いちゃうほどおいしかった？」

「……うん、ものすごく」

「よかった！　お母様にも伝えておくわね。きっとまた張り切って焼いてくれるから」

言葉が途切れても気にせず、二人は夢のように美しい夕焼け空を眺めながらマドレーヌをゆっくりと味わう。エヴァとの沈黙は心地よくて。ルーチェは久しぶりに素のままの自分に戻れたような気がする。

と、そのときだった。

エヴァが遠くを眺めたまま、小さな声で尋ねてきた。

「ルーチェ、最近何か悩んでいるようだけど大丈夫？」

「……っ」

単刀直入な質問に虚を突かれ、ルーチェは息を呑む。やはり、エヴァは気づいていたのだ。

その上で心配してこうして自分のほうから誘ってくれたに違いない。

親友の気配りに感謝しつつも、答えには窮してしまう。

大丈夫――ではない。自分の抱えてしまった秘密に今にも押しつぶされてしまいそうだ。嘘《うそ》はつきたくない。だから、ルーチェは「心配してくれてありがとう」とだけ答えた。

「そりゃ当たり前でしょ！　心配に決まってるわよ！　とりあえず私でよければいつでも相談にのるから。遠慮はしないでね！」

エヴァにじっと目の奥を見つめられて胸がチクリと痛む。

遠慮しているわけではない。ただ単に悩みを打ち明けた結果、エヴァに嫌われるのが怖いだけ。それをどう伝えればいいのだろう?

今まで互いになんでも相談し合ってきたエヴァに対して申し訳ない気持ちでいっぱいになる。

(本当は……全部打ち明けてしまいたいけど……やっぱり無理……できない……)

鼻の奥が絞られたようにツンと痛む。喉の奥に小石が詰まったかのように息ぐるしい。

祖母の形見の品を探しているときだって、エヴァは自分のことのように力になってくれた。

オークションへの出品も彼女の力なしには知ることすらできなかった。

ずっとお世話になりっぱなしで。いつか恩返しをしたいと思っていたのに——誰にも打ち明けることのできない秘密を自ら負ってさらに心配をかけてしまうなんて。

恩を仇《あだ》で返すにも等しい。それが分かっているからこそ、いよいよ顔向けできない。悪循環なのは自分でもよく分かっていた。

「……うん、ごめんね……いろいろと心配かけて……」

「ううん、友達なら当然だし」

「……ありがとう。そんな風に気にかけてくれるだけで本当にうれしい……」

「ただの自己満足よ。だってルーチェが辛そうなのは私が嫌なの。見たくないだけ」

ルーチェは複雑な思いで唇をそっと噛みしめた。

エヴァの率直な友情をありがたいと思う一方で罪悪感は色濃くなる。

「……何があっても……私だけは絶対に味方だから、ね?」

唐突にエヴァから驚くほど真剣なまなざしを向けられ、ルーチェの心臓は跳ねる。

（もしかしたら……エヴァ……秘密に気づいて……）

緊張の糸が再び張りつめ、胸が張り裂けてしまうのではというほど鋭くせわしない心音が突き上げてくる。

もしも、そうだとしたら一体どこまで知っているのだろう？

全身から嫌な汗が滲《にじ》み出てくる。

重い沈黙が場を支配していた。先ほどのように心地よいものではない。

ルーチェは探るような目でエヴァを見つめたまま、何も言えなくなってしまう。

すると、その反応を見てとったエヴァはルーチェに寂しそうに微笑んで声を潜めて囁《ささや》いた。

「首のとこ……虫に刺されてるみたい……くれぐれも気を付けて」

「っ⁉」

エヴァの指摘にハッと息を詰め、咄嗟《とっさ》に首筋に手をあてる。

（詰襟だから大丈夫だと思っていたのに）

すぐさま手鏡で確認したい衝動に駆られるが、エヴァの手前そうすることもできない。

どこまで知っているかまでは分からないが、やはりエヴァは自分の秘密を知っている。その確信を得たルーチェは、いっそのこと全てを打ち明けて相談したい衝動に駆られて口を開きかける。

心臓が破れてしまうのではというほど、恐ろしい音を立てて脈動している。

エヴァのひたむきなまなざしに応えたい。そう思う。

だが——やはり大事だからこそ失いたくない。秘密を打ち明けてしまうのが怖い。どうしてもその恐怖に打ち勝つことができなかった。

「…………」

ルーチェはいたたまれない気持ちで目を伏せてしまう。

すると、エヴァは小さくため息をついて首を力なく左右に振ると、それ以上何も言わずにその場から立ち去っていく。

「……っ」

咄嗟に彼女を呼び止めようとするルーチェだったが、結局それすらできずに親友が立ち去ってしまった後、両手で顔を覆ってうなだれた。

一体いつまでこんな毎日が続くのだろう？

このままでは親友はおろか何もかも失ってしまいかねない。

ルーチェはのろのろとした動きでポケットの中から手鏡を取り出すと、首の辺りを確認した。

確かに——詰襟の境目から彼の唇によって刻みこまれた痣《あざ》が確認できる。どうやらきちんと隠しおおせていなかったようだ。血の気が音を立てて引いていく。

これではエヴァだけじゃなく、他の生徒やシスターたちに秘密を知られてしまってもおかしくはない。

少なくとも、なんらかの噂《うわさ》にはなっているに違いない。

やり場のないいたたまれなさに拍車がかかり、ルーチェはよりいっそう追いつめられていく。

（どうしよう……このままでは知られてしまうのも時間の問題……なんとかしないと……）

大富豪であるシルヴィオのゴシップなんて誰もが欲しがる格好のネタに違いない。面白おかしく騒ぎたてられ、あることないこと吹聴《ふいちょう》されるだろうことは容易に想像できる。彼の愛人というレッテルを貼られてどこへ行くにもそういう目で見られてしまうだろうと考えるだけで震えがはしる。

（大丈夫、こんな関係、きっとそう長くは続かないはず。あの人にとって私はただの玩具。いずれ飽きるに違いない。それまでの辛抱よ）

そう自分へと言い聞かせて、今にもくじけてしまいそうな心をどうにか立て直しにかかる。

早く彼が自分に飽きてくれれば、きっと元通りの平穏な毎日を取り戻せる。

そう切望しているはずなのに——その一方でどういうわけか胸の奥がしくしくと痛み始めて、戸惑いを隠すことができない。

（やっぱり私、勘違いしてしまってるみたい……一体どうしたら……）

ルーチェは重いため息を一つつくと、首筋に残された彼の唇の痕にそっと触れて目を閉じた。

ж　ж　ж

いつものように特注の赤いドレスに身を包んだルーチェは、シルヴィオの書斎に呼び出されていた。例の隠し部屋に彼が訪ねてきては淫らな調教がおこなわれるのが常だったが、今日は一体どういう風の吹き回しだろう?

ルーチェは、机に座って大量の書類に目を通しては迷うことなくカストへと次々に指示を与えていくシルヴィオの横顔を飽きることなく眺めていた。

(こんな顔もする人だったなんて……知らなかった……)

オークションのときともカジノのときとも、そしていつもの彼ともまるで異なる表情から目が離せない。

書類を見据える厳しいまなざし。退廃的な雰囲気は消え失せ、巨額の仕事を手掛ける敏腕経営者としての一面が垣間見えて思わず見入ってしまう。

今まで知らなかった彼の一面に触れることができたせいか、胸はひっきりなしに高鳴っていた。

ずっと見ていたい。そんな気持ちにすら駆られてしまう。

「このコレクションはなんとしてでも押さえねばなるまい。レオナール氏が探していた品だ。間違いない」

「では、そちらのオークションに参加する旨を伝えておきましょう」

「そうしてくれたまえ。いつものように——」

「かしこまりました。全て手配しておきます」

仕事の内容までは分からないが、二人のやりとりから打てば響く関係であることだけは伝わってくる。

そんな些細《ささい》な発見がこんなにもうれしく感じられるなんて思いもよらなかった。

（どうしよう……こんなに気になってしまうなんて……絶対に本気になってはいけない人なのに……）

愛人だとか秘密だとかいう事情を抜きにすれば、シルヴィオに惹《ひ》かれてしまっているのは明らかだった。認めたくはなかったが、こうもささやかなことでいちいち胸が躍《おど》る原因は他には考えられない。

シルヴィオの罠《わな》に自らかかってしまった挙句、心まで奪われてしまうなんて。たかが遊戯に本気になってしまうなんて。そのために大切な親友すら失ってしまいかねないのに——救いようのないほど愚かなことは自分でも分かっている。それでももはや自分ではどうしようもできなくて、途方に暮れてしまう。

「どうした？　私の顔に何かついているかね？」

「っ⁉」

不意にシルヴィオと目が合って、ルーチェは咄嗟に顔を背けた。

気づかれないように眺めていたつもりなのに、まさか気づかれていたなんて。

一体いつからだろう？　頰が熱く火照り、いても立ってもいられない心地に駆られる。

「……いえ……別に……」

言葉を濁すルーチェを一瞥《いちべつ》すると、シルヴィオは顎に手をあてて不敵に笑ってみせた。

「——さては我慢できなくなったか。いけない子だ」

げよう」

「もう少しの辛抱だ。今日は君に改めて話がある。それが済んでからたっぷりと可愛《かわい》がってあげよう」

「………………」

ルーチェがムキになって反論しても軽くかわされてしまう。

大人ならではの彼の余裕を悔しく思いながらも、胸の高鳴りは一向に収まりそうにない。

明らかに淫らな意味合いが込められた彼の意味深な言葉に下腹部が疼《うず》き、奥に仕込まれた淫《いん》猥《わい》な張り型が外へと出てきてしまいそうになる。

そんなわずかな反応すらシルヴィオは見逃さない。赤い目を細めて嗜虐的《しぎゃくてき》なまなざしで獲物を射る。

二人をつなぐ淫らな秘密が、淫靡《いんび》な雰囲気を醸《かも》し出していた。

シルヴィオにいつものようにいやらしく責められてしまう予感に身震いしながらも、ルーチェは彼の言う「改まった話」のことが気になる。

「……あの、改めて私にお話って……何でしょうか?」

「この書類に君のサインが必要となる」

「書類……ですか?」

シルヴィオから書類を受け取って目を通す。それは女子修道院の院長へと宛てたものだった。

サイン欄には、ルーチェが知らない人物のサインがすでに記入されており、その下の欄が空白になっていて、どうやらそこに自分のサインが必要となるようだ。

（これって……もしかして修道院をやめるための書類⁉　身よりのない私を引き受けてくださるつもり⁉）

書類の文面に目を通し終えたルーチェは自分の目を疑い、眉根を寄せてシルヴィオを見た。

「これは女子修道院から君を譲り受けるための書類だ。私の名が表に出ないよう根回しをするのに思ったよりも時間がかかってしまったものでね――待たせてしまって悪かった。さすがに秘密を守り続けるには限度というものがあるだろう。それが君を悩ませていたことも知っている。だがこれでもう安心していい」

確かに彼の言うとおりだった。秘密を守りとおすにも限度というものがある。

エヴァに淫らな刻印を指摘されたときのことを思い出しただけで冷や汗が滲み出て身体に震えが走る。

（……私のことを気にかけて……心配してくれていたなんて……そんな素振りまったく見せていなかったのに）

彼の配慮に感じ入り、あたたかな思いが胸を静かに満たしていく。

しかし、その一方で彼の申し出を素直に喜ぶことができない自分に気がついてもいた。

（とてもありがたいことだけれど……もし、この書類にサインしてしまえば……きっともうエヴァには会えなくなる……）

親友に何もかも秘密にしたまま辛いことから逃げ出すなんて――裏切りとしか思えない。

ルーチェが躊躇していると、シルヴィオは羽ペンを差し出してサインを促してきた。

「恋人には何一つ不自由させないのが私の主義なものでね。だから遠慮することはない。全て私に任せておきたまえ」

「…………」

シルヴィオの気持ちはとてもありがたい。

修道女学院は良家の子女が教養見習いのために一時在籍する場でもあるが、同時に身よりのない少女が修道女として生涯を送る場所でもある。

祖母が死んだ後、遠い親戚筋からなし崩し的に修道女学院へと入れられたルーチェは両親が遺《のこ》した財産はあるものの後者に属していた。

そんな自分の身元を引き受けてくれる人が現れるなんて思いもよらなかった。

（シルヴィオ様にとって、私はただの玩具《おもちゃ》ではなかったということ？）

胸が熱くなるがどうしてもサインをする気にはなれない。

エヴァとのこともあるが、彼の「恋人」という言葉が引っかかっていた。まるで彼の申し出が、愛人でい続ける対価のような気がしてならない。どうしても素直に受け取ることができない。勘ぐってしまう。

「……申し訳ありません……お気持ちだけありがたくいただいておきます。だけど、サインはできません……」

しばらく躊躇した後でルーチェは意を決すると、書類を彼に返し沈みきった声を喉の奥から絞り出した。

「――なぜかね？」

シルヴィオが苛立ちを押し殺したような低い声で問いただしてくるが、それでもやっぱりルーチェはどうしても首を縦に振ることはできなかった。

「……あそこは私の居場所で……こんな形で逃げ出したくはなくて……」

そう答えるので精いっぱいだったが、本当は居場所を失うのが怖かった。

やはり彼の玩具の一つだという気持ちをそう簡単には拭い去れない。

いずれ飽きられて棄《す》てられてしまったそのときに自分の居場所がなくなってしまうのが怖かった。

彼女の答えを聞いたシルヴィオは黙りこむと、冷笑を浮かべて刺々しい口調で言った。

「まったく――君ほど可愛げのない女性はそうはいないだろうな。なぜ人の善意をそのまま素直に受け取ることができない？」

「…………」

彼の鋭い指摘の答えはルーチェ自身が一番知りたいと願うものだった。

だが、そういう性分なのだから仕方ない。人の厚意に一方的に甘えっぱなしというのは一番苦手とすることだった。何かしてもらったらきちんとお返しをすること。そうし合うことで信頼関係を育んでいくこと。子供の頃からの祖母の教えは今も自分の一部として生きていた。しかし、まさかそれがかえって自分を苦しめることになるとは思いもよらなかった。つくづく不器用な自分が恨めしい。

「――そんなにも私の傍にいたくないか？」

「っ⁉」

不穏な空気を滲《にじ》ませた彼の言葉にルーチェはハッと息を呑んで身構える。

シルヴィオのまなざしはすでに獲物を狙う狩人《かりうど》のものへと変貌を遂げていた。その目に見据えられただけで心身は異様なほど昂ぶり眩暈《めまい》すら覚えてしまう。

だが、今回だけはいつものように彼になし崩し的に従わされるわけにはいかない。

居場所をなくす経験は、もう二度としたくない。

ルーチェは祖母を亡くしたときのことを思い出していた。極力思いださないように心の奥へと封印していた辛い記憶。

王都から半日は馬車でかかる片田舎、見晴らしのよい小高い丘に建つ古びた一軒家。大切な思い出がたくさん詰まったあの家を立ち去らなくてはならなかったときのことは思い出したくもない。

「傍にいたくないというわけではなくて……」

「だが、君の居場所は私の元ではないというのだろう？」

「…………」

どうしても彼のその言葉を否定することはできなかった。自分の心に嘘をつくことはできない。

幾度となく淫らにくるわされてきたが、彼の左手の薬指に光る指輪を目にするたびに熱に浮かされた頭に冷水を浴びせられたかのような気分を味わわされてきた。

（奥様の居場所に……私なんかが割り込む余地なんてないはずなのに……）

気まずそうに視線を彷徨わせながら押し黙ってしまったルーチェを一瞥すると、シルヴィオは重々しいため息をついた。

「つくづく君は私の予想を裏切ってくれるな――君にとって悪い話ではないはずだがまさか断られるとはな」

「すみません……」

「君がそれほどまでに執着するものが憎く思えてくるな」

「っ⁉」

唐突にシルヴィオは、ルーチェの胸元のネックレスを掴むと、恐ろしい表情で彼女を見据えた。

今にもネックレスを力任せに引きちぎってしまいそうな彼の気迫にルーチェは青ざめる。

しかし、怒りをあらわにしたのはその一瞬だけで、シルヴィオはすぐさまポーカーフェイスを取り戻すと、彼女の顎を掴み顔を覗《のぞ》き込《こ》んで低く唸るような声でこう呟いた。

「私のことだけしか考えられないように躾《しつ》けてきたつもりだが――まだまだ足りないようだな。もっときつい躾けが必要なようだ」

シルヴィオはカストへと目配せをした。

そんな些細な合図一つでカストは主の意図を正確に読み取り、ルーチェを抱き上げて書斎机の上に座らせる。机の上に座るなんて――生真面目なルーチェは居心地の悪さに顔をしかめるものの、シルヴィオはそれには構わず椅子の背もたれに身体を預けると、葉巻を取り出して火をつけた。

そして、いつもの日課を鋭いまなざしで彼女へと促す。

(……まさかこんな状態で……あんなことをしろというの？)

彼との約束を守っているかどうか確かめるという名目の恥ずかしい行為。それは恋人の義務として彼から命じられていることだった。

いついかなるときであっても、彼と会う場合は必ずこの日課をこなさねばならない。

しかし、書斎の机の上に座らされた状態ではあまりにも距離が近すぎる。ただでさえ死ぬほど恥ずかしい行為だというのに、こんなにも近くで見られてしまうなんて。とても耐えられそうにない。

ルーチェが躊躇《ためら》っていると、シルヴィオはいつも以上に酷薄な口調で煽ってきた。

「さあ、早くしたまえ――」

「…………」

ルーチェは燃え上がる羞恥に顔を伏せたまま、ドレスの裾を自らからげていく。ストッキングに包まれたほっそりとした足とショーツやガーターまでもが露《あら》わになり、灼《や》けるような彼の視線に白磁の肌が粟立《あわだ》つ。

いつもしているように、膝を曲げた状態で足をM字に開いていく。

下着にはあの張り型のせいでできた恥ずかしい沁みが残っているはず。その確認を持って、シルヴィオはルーチェが自分の言いつけを守ったかどうか判断するのだった。

「確かに――今日もきちんと約束を守れたようだな」

シルヴィオの指摘に頬が熱く燃え上がり、今すぐこの場から逃げ出したい衝動に駆られる。

しかし、役目は果たさねばならない。ルーチェは律儀にきつく目を瞑《つぶ》り、一刻も早くこの恥ずかしい確認が終わるようにと祈るほかない。

だが、シルヴィオは彼女へとさらなる恥ずかしい命令を下した。

「そうだな。今日は趣向を変えて中まで見せてもらおうか」

「……え？」

いつもならショーツの股布の状態を確認されるだけなのに。

ルーチェは自分の耳を疑って訝《いぶか》し気《げ》な表情で彼を見つめるが、シルヴィオはもう一度同じ命令を繰り返した。

（そん……な……中まで……だなんて……）

こんなに近いところで、恥ずかしい場所を自ら露出しなければならないなんて。正気の沙汰ではない。

抗議のまなざしをシルヴィオへと差し向けるが、彼はわざと気がつかないフリをする。

「………」

逼迫《ひっぱく》した表情で、ルーチェはおずおずとショーツへと指を差し入れて股布をずらしていった。

ついに熱く濡れそぼつ秘所が露わになってしまう。

誰にも見られたことのない場所をシルヴィオにこんなに近くで見られてしまっている。

ルーチェは弾んでしまう息を必死で整えながら羞恥を堪える。

「――私は中まで見せるようにと言ったはずだが？」

「――え？」

すでに見せているはずなのにと、困惑するルーチェへとシルヴィオは意地悪な言葉を重ねて囁いた。

「奥までと言ったほうが分かりやすいかね？」

「っ⁉」

彼の意図するところを解し、ルーチェは息を呑んだ。

「なぜ……そんな……ところまで」

「何か特別な理由が必要かね？」

「…………」

いつも以上にわざと突き放すような強い口調――従う他ない。

ルーチェはきつく目を瞑ると、秘所の両側に指を添えて開いていく。

くちゅりというかすかな音と同時に、熱のこもった場所が開いて粘膜が露出するのを感じる。

視線が突き刺さるように感じてか無意識のうちにひくついてしまい、それがルーチェを羞恥の奈落の底へと突き落としていく。

「こんなに涎《よだれ》を流しながら物欲しそうにしているとは──イケない子だ。そろそろ玩具じゃ物足りなくなってきたのではないか？」

「っ⁉　そ……んな……ことは……」

「確かめてみるとしよう」

「え？」

思わぬ言葉に顔をあげるルーチェの腰を抱え込むと、シルヴィオは大胆にも露をまとわせた叢《くさむら》へとその端正な顔を近づけていった。

「ひっ⁉　や……あ、あぁあっ⁉　ン……ンンンッ！」

息が熱く濡れそぼつ蜜口を撫であげたかと思うと、続けざまにぬるりとした湿った感触がして、ルーチェは堪《たま》らず口を両手で押さえると、悲鳴じみた嬌声《きょうせい》をあげてしまう。

「静かにしていなさい」

一度顔を起こしたシルヴィオが唇に人差し指をあてたかと思うと、再び顔を秘所へと近づけていった。

滑らかな舌が敏感な粘膜を舐《な》めあげ、付け根に埋め込まれた肉の真珠をじりじりと目指していく。

「ンー！　ンン……あ、あ、あ、あぁああ……ン……」

ルーチェは口を両手で覆って必死に声を堪えようとするが、あまりの快感にどうしても我慢しきることができない。

いついかなるときも主の求めに応じられるようにと、書斎の裏側につくられた使用人たちの控えの部屋まで恥ずかしい声が届いてしまうのではと気が気ではない。

しめやかな音が股間から聴こえてきて、よりいっそうルーチェを恥じ入らせ追いつめていく。

「は、あ、あぁ……や……めて……そ、んな……ところ……食べない……で……」

「こういったときの女性の願いは大抵逆にとるので間違いない——もっと食べてあげよう」

まるで焦らすかのように、時折舌先で肉芽を軽くつついてはぬかるみの浅いところを何度も往復させていたシルヴィオが、いきなりじゅるりとはしたない音をたてて愛蜜を鋭敏な肉芽もろとも啜《すす》りあげた。

「あぁあああっ⁉」

刹那、今までに経験したことのない快感の塊が弾け、ルーチェはたちまち鋭く達してしまう。

ヴァギナがきつく収斂《しゅうれん》し、肉壺が激しくひくつきながら中に仕込まれた淫らな張り型を追い出した。

「あ、あ……あぁあぁ……」

塊が抜けていくときの感触に、ルーチェは肩を震わせながら再び頂上を見た。

玩具が音を立てると、机の上の愛液溜まりへと転がっていく。

「やはりもうこんなものでは満足できなくなっているのだろう？　もっと太いものが欲しくはないか？」

シルヴィオは指を三本そろえると、張り型を吐き出して綻《ほころ》んだ花弁へと勢いよくねじ込んだ。

「っ⁉　きゃ、あぁああっ⁉」

一瞬、我を忘れてルーチェは甲高い悲鳴をあげ、身体を引《ひ》き攣《つ》らせながらのけぞった。

奥のほうからさらなる愛蜜が飛沫《しぶき》をあげて外へと飛び出し、シルヴィオの顔を濡らしていく。

「あ、あぁ……すみ……ま、せん……」

彼の端正な顔とシルバーブロンドとが蜜に濡れる様を目にして、ルーチェはいたたまれない。

しかし、シルヴィオはまったく構うことなく三本の指を鉤《かぎ》状にし、腹部側のざらついた壁を抉るように雄々しい抽送をしながら再び肉芽に口づけた。

「ひっ⁉　あ、あ、ぁああっ⁉　いやぁああっ！　あ、や……だ、め……おか、しく……ンンッ！」

彼の濡れた舌先に肉の真珠を何度も弾かれ、あられもない声をあげながらルーチェは彼の頭を掴むと、必死に遠ざけようとする。

だが、そうするほど狩猟本能が掻《か》きたてられるというのだろうか？

シルヴィオはよりいっそう激しく舌を躍らせ、さらなる力を込めて姫壺を穿っていく。

（いや……何、これ……変……ワケが……分からなくな……って……）

信じがたい悦楽の高波がくるおしいほど押し寄せては爆《は》ぜ、さらなる高波となってルーチェの理性を完膚なきまでに叩きのめしていく。

生真面目な性格に隠された本能が剥《む》き出しにされ乱れくるってしまう。

これまでにないほど苛烈で淫らな責めにルーチェは息をつく間もないくらい、全身をわななかせながら達していく。

「も……だ、め……や、あぁ、ンあ、あ、あぁあぁあぁああああっ！」

逼迫《ひっぱく》した嬌声のトーンがさらに高くなり、やがて全身の血管が切れてしまうような感覚と同時に、ルーチェはついに恐ろしいほどの高みへと昇り詰めた。

ざらついた蜜壺が万力のように彼の長い指を締め付け、愛液ごと外へと追い出していく。

「っはぁ……はぁはぁ……あ、あ……っ、あぁ……」

息があがりきってうまく呼吸ができず、意識が朦朧《もうろう》とする。

全身を弛緩《しかん》させきったルーチェを見つめると、シルヴィオは愛液の滴《しずく》を滴らせる長い前髪を掻きあげて不敵な笑みを見せた。

そして、震える彼女の身体を優しく抱きしめる。

「大丈夫かね？　深呼吸しなさい。すぐに落ち着くはずだ」

「っはぁはぁ……ン……うぅ……」

シルヴィオに言われたとおりにルーチェは深呼吸を繰り返す。すると、乱れ切って過呼吸気味になった息が少しずつ落ち着いていく。

彼こそがくるおしい絶頂へと追いやった張本人であるとは分かっていても、こんな風にやさしくいたわられると甘えたくなってしまう。

「いい子だ。もう大丈夫だ――」

彼の胸に頭を預けたまま頷《うなず》いてみせると、シルヴィオは彼女の頭を優しく丁重な手つきで撫で続ける。狂態のせいで乱れた長い髪を指で梳《と》きながら。

壊されてしまうのではというほどの責めを受けた後で、こんな風に宝物のように扱われると余計彼への気持ちが募ってしまう。

（それも……計算の内なのかしら……）

胸の内で呟くと、ルーチェの胸は切なく締め付けられる。

一回りの年の差の溝は埋めがたく、大人の彼に翻弄される一方の自分が悲しい。

「……ずる……い、です。こんなの……私……ばかりが……恥ずかしいこと、ばかり……」

「そうでもない――」

「え？」

「正気を失っているのは君ばかりではないと言っているのだよ」

「っ⁉」

シルヴィオの思いもよらない言葉がルーチェの心臓を貫いた。

（……今の……一体……どういう……）

真意を尋ねるべく口を開こうとしたちょうどそのときだった。

突如、ドアがノックされた。

攻撃的な鋭い音にルーチェはハッと身をこわばらせる。

しかし、シルヴィオはまったく焦る素振りも見せず、悠々とシルクチーフで顔を拭い、ルーチェの秘所を拭っていく。

彼の代わりにカストが書斎の扉へと歩いていくと背後を気にしながら扉を少しだけ開いて、突然の来訪者の対応にあたる。

（一体……誰⁉　さっきの声……聴かれてしまったとか……）

戦々恐々として生きた心地がしないルーチェを安心させるかのように、シルヴィオは彼女の背中を軽く叩くと机の上から降ろした。

カストがいったん扉を閉め直すと、険《けわ》しい面持ちのまま足早に主の元へと戻ってきた。

「誰だ？」

「――イレーネ様が今からお見えになるそうです」

「っ⁉」

カストの口から告げられた女性の名を耳にした瞬間、ルーチェの本能が警鐘を鳴らす。

心臓がぎしりと軋《きし》んだ音をたて、痛みに顔をしかめるとシルヴィオをすがるように見つめる。

（……もしかして……奥様？）

もしかしたら先ほどのやりとりで自分の存在が知られてしまったのでは⁉　と、目で訴えかけて。

しかし、シルヴィオはいつもとまったく変わらない様子で、眉間を指で揉《も》みながらカストへと告げた。

「今は取り込み中だとでも伝えておきたまえ。また改めるようにと――」

「あまり良い手ではありませんね。何の用事で取り込み中か、わざわざ詮索してほしいと言っているようなものかと」

「好きにさせておけばいい――お互い様だろう」

突き放すような冷ややかな口調が気がかりな一方でどこか胸をなで下ろしている自分もいて、ルーチェは落ち着きなく目をしばたたかせながらシルヴィオとカストとを交互に見る。

「そういうわけには参りません。女性と男性とではもろもろ事情が異なりますから」

「確かに――女とはわがままな生き物だからな。何をしでかすか分かったものではない。私は構わないが君に矛先が向かうといけない」

シルヴィオは不安そうに眉をひそめるルーチェの頬を撫でると、大丈夫だと安心させるかのようにしっかりと頷いてみせた。

たったそれだけのことでルーチェの胸に巣くう不安は解けていく。

しかし、そうは言っても完全に解けるとまではいかない。シルヴィオの言ったとおり、そのイレーネという女性の矛先が自分へと向いた際には果たしてどうなってしまうのだろうと戦慄する。

「今回だけは許すこととしよう。しかし、次から例外は認めないと伝えておきたまえ」

「かしこまりました」

カストが胸に手を当てて一礼すると、再び扉のほうへと戻っていった。

「悪いが野暮用ができた。君は部屋に戻っていなさい。すぐに向かう」

「……は、はい」

シルヴィオに優しく諭《さと》されるように言われ、ルーチェは躊躇《ためら》いながらもおずおずと頷いてみせる。

隠し扉から秘密の部屋へと戻ると、背中を扉へと預けて深いため息をつく。

（……やっぱり……奥様よね？　どんな方なんだろう……）

胸を鋭い針で突き刺されるような痛みに顔をしかめながらも気になって仕方ない。

（私のように玩具ではなく……シルヴィオ様にきちんとたった一人の女性として愛されている方……）

そう考えが及んだ途端、恐ろしいほどの嫉妬の炎に胸が焦がされる。

「…………」

ルーチェは胸を押さえるときつく目を閉じて身を固くする。

すがるように胸にさげたネックレスとロザリオを握りしめると十字を切った。

まさかこんなに恐ろしい思いが自分の身に巣くっているとは思いもよらなかった。自分が怖くなる。

（いつの間に……私はこんなにも……）

想像だにしなかった強い衝動に愕然《がくぜん》となる。

黒々とした思いが全身を渦巻き、そのあまりのおぞましさに消えてしまいたくなる。まさかこんな形で自身の本当の気持ちを思い知らされるとは思わなかった。

心臓がドクドクと嫌な鼓動を刻み、立ちくらみを覚える。

隠し扉一つ隔てた向こう側がどうしようもないほど気になって仕方がなくなる。

（駄目よ……知らなくていいことだってあるもの……）

すぐに隠し扉から離れて耳を塞いでおいたほうがいい。

そうは思うのに、足が地に縫いとめられたかのように一歩も動けない。

不安と好奇心とがないまぜになり混沌《こんとん》の渦となって襲い掛かってくる。

（……いけないって……分かっているのに）

抗《あらが》えない——ルーチェは隠し扉の隙間から執務室の様子を窺《うかが》う。

書斎机で、真剣なまなざしで書類に目を通しているシルヴィオが見える。仕事に集中するその姿は、つい先ほどまであんなにも淫らな遊戯をしていたとはとても思えない。

ややあってドアがノックされ、メイドを伴った女性が部屋の中へと入ってくるのが見てとれる。

その姿を目にした瞬間、ルーチェは息を呑んだ。

（なんてきれいな人……）

豊かな栗毛色の髪をアップに結い上げた女性は、大人の妖艶な魅力がにおい立つかのような絶世の美女だった。

咄嗟に見てはならないものを見てしまったかのように目を逸《そ》らすも、一度見ただけでその姿は脳裏に焼き付いていた。

「……ホント……バカみたい……」

見なければよかった——後悔するも時すでに遅し。胸が引き裂けてしまいそうだった。

心臓が破れてしまうのではないかというほど轟《とどろ》き、視界が涙で滲む。

（あんなに素敵な人が奥様なのに……一体どうして……）

途方もない虚脱感に襲われてその場にうずくまると、震えが止まらなくなった自身の腕をきつく抱きしめる。

今すぐこの場から消えてなくなってしまいたい。

心の底からそう強く願うも、心ががらんどうになったかのように気力が奪われている。

全ての音が遠のいていき、時間が止まったかのように思える。

ルーチェは茫然自失《ぼうぜんじしつ》となってその場に固まり続けていた。

ж　ж　ж

どのくらい経ったのだろう。

背中の扉がスライドして、ようやくルーチェは我に返った。

「——どうした!?」

異変を察したシルヴィオがその場にかがみこむと彼女の顔を覗き込んできた。

しかし、ルーチェは反射的に顔を背けてしまう。

きない。


「ルーチェ」

「……見ないで……ください……」

顔を伏せたまま掠《かす》れた声を絞り出すので精いっぱいだった。

今、きっとひどい顔をしているだろう。とてもではないが、彼の顔をまともに見ることができない。

しかし、シルヴィオはそんな彼女の顎を掴んで自分のほうへと力づくで向かせた。

ルーチェが抵抗するのも構わずに、そのエメラルドの目を赤い双眸《そうぼう》で射抜く。

「なぜだ？」

「っ……だってこんな顔……見られたくなんて……」

「……泣いているのか？」

「違います……そんなはずは……」

「…………」

シルヴィオは眉間に皺《しわ》を寄せると、黙ったままルーチェの身体を抱きしめた。

「——悪かった。私としたことが無粋だったようだ」

「…………」

いつも命令し慣れている彼の口から謝罪の言葉が聞けるなんて。ルーチェは驚きに目を瞠《みは》り言葉を失う。

身体が軋み息がしづらいほど強く抱きしめられ、今までかろうじて我慢していた涙がぽろりと零《こぼ》れ落《お》ちていった。

シルヴィオはそんな彼女の涙を唇で拭うと額へと口づけて背中を優しく撫でる。

（ずるい……こんなときだけ優しくするなんて……）

いっそいつものように意地悪く責められたほうがまだ気が紛れるのに。一度堰《せき》をきった涙はとめどなく溢《あふ》れ続けてしまう。

それを飽きることなく、シルヴィオは丹念に優しいキスで拭い続ける。

しばらくして、ようやくルーチェの涙が止まり様子が落ち着いたのを見てとると、彼女の身体を抱き上げて天蓋つきのベッドへと運んでいった。

「大丈夫か？」

ルーチェがおずおずと頷いてみせると、シルヴィオは安堵《あんど》の表情を浮かべた。

今までに見たこともない彼の柔和な微笑《ほほえ》みにルーチェは見入ってしまう。

「どうしたのかね？」

「いえ……」

目を伏せると視線を彷徨わせて口ごもる。いたたまれなさと気恥ずかしさとやりきれない思いとがないまぜになって胸を掻き乱す。

シルヴィオはベッドの端に腰かけたまま、飽きることなくルーチェの頭を撫で続ける。

それがあまりに心地よくて、ルーチェは目を細めてため息をつく。

「君の涙は心臓に良くないな——」

「……シルヴィオ様？」

「どうすれば笑顔になるのか、知りたいと思う」

「…………」

ハッとするほど真剣なまなざしで見つめられ、胸が甘く高鳴る。

しかし、すぐさま彼の妻と思《おぼ》しき女性の姿が脳裏によぎり顔をしかめる。

「そんな風に思えるのは君が初めてだ。なぜだろうな？」

シルヴィオはルーチェの身体に覆いかぶさると、彼女の顔の両側へと手をついて神妙な面持ちで囁いた。

そのまま彼女の唇を指でなぞったかと思うと、自らの唇を重ねていこうとする。

「っ⁉」

咄嗟にルーチェは顔を背けて唇を噛《か》みしめてしまう。

その反応にシルヴィオは眉根を寄せた。

「なぜ逃げる？」

「……っ」

彼の声色が刺々しい殺気じみたものへと一転して、ルーチェは慄《おのの》く。

しかし、ここで引き下がるわけにはいかない。

（奥様を知ってしまったからには……もう前と同じというわけにはいかないもの……）

胸を突き刺すような痛みを懸命に堪えながら、意を決して口を開いた。

「これ以上はもう……駄目です……例えシルヴィオ様にとっては単なる遊びだとしても」

口にするだけで心が千々に引き裂かれそうな痛みを覚える。

「――いきなりどうした？　肝心なところで邪魔が入って怒っているのかね？」

「違います……そうではなくて……」

皮肉めいた笑みを浮かべてなおも唇を奪おうとしてくるシルヴィオから逃れながら、ルーチェは苦しげに言葉を続けた。

「だって……あんなに素敵な奥様がいらっしゃるのに……どうして私なんか……そんなのおかしいです……申し訳なくて……」

途切れとぎれにではあるが、なんとか胸に巣くう複雑な思いの丈を伝えることができた。

しかし、すぐにそれを後悔することになる。

「素敵――か」

シルヴィオはゾッとするような声色で吐き捨てるように言ったのだ。

つい先ほどまでの温かな雰囲気が一変し、怖いほど凍てついたものへと変化する。

「もう少し君の目は確かだと思っていたが、どうやらそれは私の気のせいだったようだな」

「――っ⁉」

辛辣な彼の言葉がルーチェの胸を容赦なく抉る。

いまだかつて見たこともない恐ろしい表情をしたシルヴィオに血の気が引いていく。

（私、何か間違ったことでも言ってしまったのかしら？　怒らせてしまったのかしら？）

取り返しのつかないことを口にしてしまったかのような罪悪感に駆られて戸惑う。

「二度とあの女の話を私の目の前でしてはならない。いいかね？」

「……どう……して……そんな言い方……」

「君が知る必要はない――」

「……っ⁉」

それ以上、踏み込むことを赦さないような口ぶりに気圧《けお》されてしまいそうになるが、ここで退《ひ》くわけにはいかない。

ルーチェはついに覚悟を決めて胸に巣くっていた疑問を彼へとぶつけた。

「それは、私が……愛人だからですか？　貴方《あなた》の……玩具《おもちゃ》だから……ですか？」

シルヴィオの顔から笑いが消えた。

だが、それも一瞬のことで、すぐに世の中の全てを嘲笑《あざわら》うかのような冷笑が浮かぶ。

「――そんなにも私を怒らせたいのかね？」

「…………」

「玩具か――確かにそう受け取られてもおかしくはない。そうでもしなければ君を力づくで奪って壊してしまいそうだった」

「……え？」

シルヴィオの赤い瞳が鋭い光を帯びてミステリアスに揺らぎ、ルーチェの胸がドクンッと強く脈打った。

（それって……どういう意味？）

力づくで奪って壊す——恐ろしい言葉ではあるが、情欲を滲ませたその言葉になぜか全身の血が沸騰する。

その裏に隠された秘密こそが彼の本心であってほしい。そう願ってしまう。

「いつでも君を独り占めにしたかった。その衝動をごまかすために——敢《あ》えてああいう虐め方をしてしまったのだが、それももはや限界のようだ」

まるで飢えた獣のように息を弾ませながら、シルヴィオはルーチェの両手首を掴むとベッドへと縫いとめた。

そうして身動きを封じてから唇を貪る。

「ンッ⁉　ンンン……ンン……」

ルーチェは両手に力を込めて必死に顔を左右に倒すが、こうなってしまえばもはや逃れることはできない。

奥深くまで舌を突き挿入《い》れられ、口の隅々まで蹂躙《じゅうりん》されてしまう。

「……ン……っふ、あ、あぁ……」

いつも以上に雄々しく激しい口づけにルーチェは苦悶の表情で全身を波打たせる。

先ほどの淫らな遊戯に燃え上がった身体にはいまだその火種が燻《くすぶ》っていて、たちまち勢いよく燃え盛る。

（ああ……こんなキス……駄目なのに……）

頭では分かっていても応じてしまう。

むしろ、まるで目の前に突き付けられた辛い現実から逃れようとでもするかのようにいつも以上に溺れてしまう。

自ら舌を絡めては全身を甘く痙攣《けいれん》させる。

「今日の君はいつになく大胆だな――」

「はぁはぁ……そ、んな……こと……」

「――遠慮することはない。もっと乱れたまえ」

シルヴィオの手が、唐突にルーチェのドレスの胸元を覆う布地を引き裂いた。

絹の裂ける音がすると同時に、柔らかな白い丘が弾みながら姿を見せる。

「やっ⁉　い、やぁ……」

咄嗟《とっさ》に胸を覆おうとするルーチェだったが、両手を交差させた状態で掴《つか》まれ動きを阻まれてしまう。

「もしかしてあの女に嫉妬したのかね？」

「っ⁉」

単刀直入な問いかけに、一瞬頭の中が真っ白になる。

(奥様に……敵うはずなんてないのに……そんなおこがましいこと……)

愕然と目を見開いて言葉を失う。

その反応にシルヴィオは口端に笑みを浮かべると、不敵に目を細めた。

「沈黙が答えか。君に嫉妬されるのは悪くはない」

（ひどい人……それがどれだけ苦しいことか……知りもしないで……）

ルーチェは眦《まなじり》を吊り上げると、憎しみに燃える目でシルヴィオを睨みつける。愛と憎しみは紙一重とはよく言ったものだと身を以《も》って思い知る。

「いい目だ。そんな目をすることもできるのだな。ますます征服したくなる」

シルヴィオが熱い声を震わせたかと思うと、剥き出しにされた乳房に歯を立てた。

「っつ!? う、あ、あぁああ……」

柔らかな肉を乳首もろとも噛まれて吸いたてられ、ルーチェは悲鳴じみた声をあげる。

（駄目……奥様がいつ戻ってらっしゃるかもしれないのに……）

唇をきつく噛みしめて声を堪えようとするが、彼女のそんな努力を嘲笑うかのようにシルヴィオは意地悪な微笑みを浮かべて乳房を舌で弾いては吸いあげ、きつく歯をたてて獣のように貪り続ける。

「ン……や……あ……ぁ、っく……ン……ンンッ!?」

痛みと快感とが交互に入り乱れて、何度も浅く達してしまう。

そんな彼女の逐一の反応を確かめながら、シルヴィオは緩急をつけてルーチェを味わう。

「あ……あぁっ!? や……ま、また……ン、あぁああ！」

彼の巧みな舌使いに酔わされてしまう。だんだんと達する感覚が短くなっていき、感度が研ぎ澄まされていくのを感じる。

（ああ……こんなの、くるわずになんていられない……）

シルヴィオの舌が丘の表面をねっとりと這いまわり、唾液でいやらしい痕を残していく様を見つめながらルーチェは胸の内で独りごちる。

いっそ何もかも忘れて喘《あえ》ぎくるえたらと思ってしまうが、生真面目な性分が赦《ゆる》さない。

そんな葛藤を見抜いたかのように、シルヴィオが彼女へと告げた。

「声を我慢するのは苦しいだろう？　思う様、乱れくるっていい。君のいやらしい声を存分に味わいたい」

「や……そん……なこと……できる……はず……ンッ、ンンン！」

乳首に歯を立てられた状態で、小刻みに震える舌が微弱な快感を与えてくる。面映ゆい悦楽の波に攫われ、ルーチェは鼻から抜けるような嬌声をあげて再び昇り詰めてしまう。

「随分と反応がよくなったものだ。ゆっくりと時間をかけて教え込んだ甲斐があったようでなによりだ」

シルヴィオは満足そうに言うと、膝頭を彼女の股間へとあてがって震わせ始めた。

「ああっ……や……いやぁああ……も、う……やめ……て……」

振動が肉芽のみならず子宮まで伝わってきて、妖しい衝動が掻きたてられる。

しかし、さすがに指で奥を掻《か》き回《まわ》されたときと同じように達することまではできない。

延々と続くかに思える意地悪な愛撫に気がくるってしまいそうになる。

「あ、あぁ……も、う……嫌ぁ……」

「何が嫌なのかね？　きちんと言葉にしなくては分からない」

　分かっているくせに――と、悦楽地獄に朦朧《もうろう》とする意識を奮い立たせ、彼に抗議のまなざしを差し向ける。

　だが、それはかえって彼を煽《あお》りたてるだけだった。

　シルヴィオはよりいっそう丹念かつ執拗《しつよう》な責めをルーチェの身体のさまざまな鋭敏な個所《かしょ》へと着実に刻みこんでいく。日々の淫らな調教から彼は彼女の全てを知り尽くしていた。

　深く昇り詰める直前で愛撫の手を緩めては再び繊細な責めで獲物を追いつめていく。

「あ、あっぁあああ！　も、もう……赦して……あ、あ、あぁああ……」

「どう赦してほしいのかね？」

　今すぐ中断してほしい。そう訴えようとするも、その余裕は一分《いちぶ》も残されていない。しかもそれとは真逆の言葉を口にしてしまいそうになる。

（完全に……くるいたい……壊されたっていい……シルヴィオ様にならら……）

　恐ろしい欲望が今すぐにでも弾けてしまいそうで自分が恐ろしくなる。

「さあ、言いたまえ。そうすればすぐにでも楽になれる。簡単なことだ」

　恐るべき誘惑に屈してしまいそうになるが、瀬戸際でかろうじて持ちこたえる。

（これ以上は駄目……遊戯では済まされなくなる……）

　神の御前で永遠の愛を誓い合った男女同士がする神聖な行為をするような資格は自分たちにはない。胸がずきりと痛む。

「……はぁはぁ、嫌……です……言えま……せ、ん……」

必死に力なく首を左右には振るものの、股間から溢れ出た大量の蜜潮が彼の膝を濡らしていることがどうしようもなく気になってしまう。

「まったく――これほどまでに濡らしておきながらまだ折れないとは強情な」

「………」

ため息混じりの彼の言葉にルーチェはいたたまれない心地に駆られる。やはり彼も気づいていたのだ。否、気付いていないと考えるほうがおかしい。いくら拒絶したところで、彼は自分の反応から全てを見抜いてしまっているに違いない。

にもかかわらず、なおも抵抗しようとし続ける自分が道化のように思えてくる。

「君の同意もなしに手荒な真似《まね》だけはすまいと思っていたのだが――」

そこで言葉を区切ると、シルヴィオはベルトを外した。

そして、ルーチェの濡れた茂みへと自らの灼熱《しゃくねつ》の半身をあてがった。

「っ⁉」

熱い固まりが媚肉へとじかに触れ、ルーチェは息を呑んで身をこわばらせる。

（シルヴィオ様の……が……私のに……）

あの天を衝《つ》くかにそそり勃起つ獰猛《どうもう》な姿が脳裏によぎった瞬間、下腹部に力がこもる。

そのせいで花弁が震え、獲物を狙う亀頭を歓迎する動きを見せてしまう。

「やはり、君は私を欲しがっているようだが？　全て伝わってきている。いい加減認めてはどうかね？」

「………………」

違うと否定したくも、秘所は主の意志を無視して妖しく蠢《うごめ》いては彼を誘っている。

ルーチェはきつく目を瞑《つぶ》ると、胸の内に荒ぶる熱風を逃すべく深い息をついた。

「もう玩具として扱われるのは嫌なのだろう？　ならばどうして欲しい？」

「……それ……は……」

どのようにして欲しいか？　考えてもみなかったことで返事に窮する。

「いかようにも君の望むようにしてあげよう」

シルヴィオの言葉が杭《くい》となってルーチェの胸を深々と穿つ。

（駄目……もうこれ以上は……抵抗できない……）

執拗なまでに焦らされた心身は全力で彼を求めていた。もう何がどうなっても構わない。そんな衝動が恐ろしい勢いで胸を突き上げてくる。

そうする間にも、滑らかな熱い塊は浅い箇所をくすぐりながら湿った音をたてて、さらなる奥を目指す素振りを見せる。

しかし、柔らかな肉へと埋められたのはあくまでも先端までで、シルヴィオはそれよりさらなる奥を目指そうとはしない。

「君を征服した瞬間をどれだけ願ってきたかしれない」

「ああ……そ、れ……いや……が、我慢……でき……なくな……って……」

「我慢などしなくていい。欲しいならばいくらでもあげよう。君自身がどうしたいか、だ」

「……っ⁉」

究極の選択を目の前に突き付けられたような気がして、ルーチェは息を呑む。

「この賭けにのるか、のらないか——それは君次第だ」

シルヴィオの言葉に既視感《デジャヴ》を覚えて目を見開く。

人生を左右してしまうほど危険な賭け。

あの賭けにのっていなければこんなことにはならなかった。何度後悔したかしれない。そのはずなのに——

（どうして？　こんなに恐ろしいことをされているのに……）

シルヴィオの持ち掛けてきた賭けに強く惹《ひ》かれている自分に愕然とする。

（毅然と断るべきだわ。私のためにも……奥様のためにも……誰のためにもならない関係を続けることは間違っている……）

そう何度も自分の胸へと言い聞かせるのに、たった今目の前で自分を渇望している彼の赤いまなざしから逃れることができない。

いつも余裕めいたポーカーフェイスで胸の内をけして相手に見せようとはしない紳士の姿に憂いと深い悲しみを赤い目の底に押し隠した手負いの獣が垣間見える。きっとそれこそが彼の本当の姿に違いない。

もっと触れたい。知りたい。感じたい。ルーチェはそう強く思う。

こんなにも誰かに欲されたことは今までになかった。

その想いに全力で応えたい——純粋な欲求が魂の奥底からこみあげてくる。

「……っ」

気が付けば、ルーチェは手首の縛めを振りほどき、自由になった両手で彼の逞《たくま》しい身体を力いっぱい抱きしめていた。

理由は分からない。ただ抱きしめずにはいられなかった。

彼への愛おしさで胸が埋め尽くされ、他のことは何一つ考えることができなくなる。

「……賭けます……私の全てを……貴方に」

ルーチェは一言一言に思いの丈を込めると、彼へとそう告げた。

賭けには魔物が潜むもの。また魅了されてしまったのだろうか？

そんな思いがちらりとよぎるが、もはや恐れは感じなかった。まるで別人のように勇猛果敢に賭けへと挑む。

「ならば遊戯はここまでだ——本気で君を愛すとしよう」

シルヴィオが低い声を震わせたかと思うと、彼女の腰を改めて抱え込むと同時に自らの腰を雄々しく突き出した。

灼熱の肉棒が容赦なく興奮にさざめく秘所を貫く。

「あぁあああああっ！」

狭い箇所を無理やり太いもので押し拡《ひろ》げられ、ルーチェはたまらず甲高い悲鳴をあげてのけぞった。

圧倒的な質量を誇る肉の刀身に穿《うが》たれた痛みは想像を絶するものだった。

「っく……あ、あ、あぁぁ……」

少しでも動いてしまえば壊れてしまいそうで。四肢を硬直させたまま、身動き一つできなくなる。やはりあれだけ太い肉竿を収めるにはさすがに無理があったに違いない。息すらこわくてできない恐るべき圧迫感に震えが止まらない。

「――最初は辛いだろうが大丈夫だ。すぐによくなる」

シルヴィオはルーチェを抱きしめると、心配そうな面持ちで優しく頭を撫《な》でてきた。

ルーチェは必死にこわばった笑顔を取り繕うと、彼に心配をかけまいと頷いてみせる。

しばらくの間、シルヴィオは動きを止めたままルーチェをいたわっていた。

こうしていると少しずつ痛みが紛れていく。

「……ついに君を私のものにしてしまった」

シルヴィオはきつく寄せられた彼女の眉間に唇を重ねると、そのこわばりが解けるのを待ちながら感慨深い様子で呟《つぶや》いた。

(私、本当に……シルヴィオ様のものに……)

破瓜の直後で余裕がないはずなのに、ルーチェの胸は甘く締め付けられて高鳴る。

眉根のこわばりが緩んだことを感じ取ると、シルヴィオは秘所の付け根に息づく肉の真珠を指先でとらえて弄り始めた。

「ン……あ……あぁ……」

もっとも鋭敏な塊を繊細な指使いで苛められ、ルーチェの苦しそうな息遣いに甘い声が混ざり始める。

痛みと快感、相反する感覚に感度が加速度的に研ぎ澄まされていく。

シルヴィオは蜜に濡れた狭い姫壺の感触を味わいながら、ゆっくりと腰を動かし始めた。

「ひっ⁉　あぁ……こ、怖……い。やめ……て、動かない……で……」

身体の奥深くが軋むような感覚にルーチェは青ざめ身震いする。

「大丈夫だ――信じて委《ゆだ》ねなさい」

諭すように言うと、シルヴィオは指先にまとわせた愛液を塗りつけるように肉芽をこねまわしていく。

「はぁはぁ……あ……ンぁ……やぁ……ンンンン……」

快感が肥大していき、ルーチェは全身をびくつかせながら身《み》悶《もだ》える。彼の重さと奥深くに迎え入れたはちきれんばかりの半身を感じながら。

「だいぶ解《ほぐ》れてきたな。中がうねり始めた。君の中は心地よい――離れがたくなるな」

熱いため息を一つつくと、シルヴィオは少しずつ腰の振り幅を広げていく。

「あ、あ、あぁあああ……」

ルーチェは汗を滲《にじ》ませた顔をくしゃくしゃにして引き攣《つ》れた嬌声をあげる。

口元を強く押さえるも、どうしても声を我慢できない。

するとそれを見てとったシルヴィオが彼女の唇をキスで塞ぎ、さらに大胆な腰使いで肉壺を解していく。

「ン……ンンン……ン……」

淫らな声を唇で絡めとられながら奥を責められると、自分の全てが彼に独占されたかのような錯覚を覚えくるおしい興奮の渦に呑まれる。

痛みは嘘《うそ》のようにひいていき、代わりに恐ろしいまでの悦楽の坩堝《るつぼ》がルーチェを苛《さいな》む。

（あぁ……何が何だか……ワケが分からなく、なって……）

指や張り型ともまったく異なる感覚に戸惑う。灼熱の肉棒に奥を穿たれるたびに、重い快感が子宮まで響いてくる。

「だ、め……や、め……ン……ちゅ……ンン……はぁはぁ……や、怖……ンン……」

これ以上されてしまえば自分がどうなってしまうか分からない。

怖くなったルーチェはシルヴィオの唇から逃れようと顔を左右に倒しながら、我を忘れて制止を訴えかける。

だが、シルヴィオは執拗に唇を追い求めては奪い、さらに腰の動きを大胆なものへと転じさせていく。

「なぜ逃げようとする？　よくなってきただろう？」

「っ⁉　っきゃ……あ、あぁああ……や……そこ……だ、駄目……あぁああ！」

不意に腰の角度を変えられ、肉槍に腹部側を深く力強く抉《えぐ》られた瞬間、ルーチェは甲高い声をあげつつ深く達してしまう。

一瞬、腰の辺りが浮くような感覚がし、視界が明滅すると同時に意識が遠のいた。

姫洞がきつく収斂して侵入者を力任せに外へと追い出そうとする動きを見せる。

しかし、シルヴィオはそれを上回る力を以って肉棒を深々と穿《うが》ち、膣内へとどまった。

「っ……そんなに焦って欲しがらなくてもいい。まだまだこれからが本番だ」

ルーチェが奥で昇りつめたのを見てとると、自重をのせ腰にさらなる力を込めてがむしゃらな律動を始める。

「っきゃ、あ……あ、あぁあっ⁉　や、あぁあああぁ！」

縦横無尽に最奥を貫かれ、ルーチェの身体がベッドの上で強く揺すぶられる。その動きに応じてベッドが軋んだ音を立てる。

シルヴィオはいったん身体を起こすと、ルーチェの足首を掴んでVの字に拡げさせ、より深くまで肉棒をねじこんだかと思うと、そのまま覆いかぶさるようにして真上から太い衝撃を刻んでいく。

より深く荒々しい抽送にルーチェは取り乱し、我を忘れて淫らな声をあげ続けてよがりくってしまう。

（嘘、よ……こ、んな……ありえな……い）

息をつく間もないほど身体の奥深くへと怖いほどの悦楽を刻みこまれ、もはや何も考えていられない。

下腹の痙攣が止まらなくなり、何度も何度も絶頂を上書きされていく。

「あぁ……ンあっ！　シルヴィオ……様……あ、あぁあぁっ⁉　ま、また……」

「何度でもイかせてあげよう。余計なこと何一つ考えられないように。私だけを感じていられるように」

嗜虐《しぎゃく》を好む本性を剥き出しに、シルヴィオはルーチェを思うさま貪り続ける。まるで今まで我慢してきた分を埋め合わせるかのように。

二人の身体が激しくぶつかり合うたびに、淫猥《いんわい》な音と共にいやらしい蜜潮が飛沫をあげてつなぎ目から溢れ出す。

「や、あぁ、ン……も、も、う……赦し……て……こ、壊れ……ン、あ、あぁあぁ！」

「いっそ壊してしまいたい」

彼の恐ろしい囁きすら、もはや快楽のスパイスとしかならない。

「ああ……こ、壊して……あ、あ、あぁあぁあぁっ！」

信じ難い欲求がルーチェの唇から零れると同時に、シルヴィオは持てる力全てをかけて彼女を完膚なきまでに支配しにかかる。

子宮口にめり込むような荒らぶる抽送に腰がくだけてしまうのではないかとルーチェは慄《おのの》くも、逃れる余裕は一分もなくただひたすらよがり続ける他ない。

数え切れないほど昇りつめ、全身のわななきが止まらなくなっても、なおもシルヴィオはストイックなまでに自らを律し、衰えを知らない半身を雄々しく振るい続ける。

「は、あ、はぁ……あ……あん……んぁ……あぁあぁぁ。や……ぁぁンぁ、めぇ……やぁ、って……も、ぉ……ンはぁ……あぁあああ」

喘ぎすぎるあまり声すら嗄《か》れ果てたルーチェは、もはやまともな言葉すら紡ぎだせない。舌っ足らずの幼児のように呂律が回らなくなっていた。

「ンンンッ！　あぁああっ！　シル……ィオ……さ、ま……も、う……壊れ……て……あ、あぁあ……いや、いやぁあぁあぁあぁっ！」

一際激しい絶頂の波に呑まれ、顎を突き上げるようにしてのけぞると絶叫する。

「……っ!?　っく……」

膣全体が鋭く痙攣したかと思うと、肉棒を逃すものかと強く収斂し、ついにシルヴィオも小さく呻《うめ》くと自らの欲望をひと思いに解放した。

釣果《ちょうか》を得た釣り竿の先端のようにドクンと亀頭がしなると熱い精液が迸り出る。

それはたった今散らしたばかりの秘所へと惜しみなく注がれていく。

「あ、あ、熱……い。奥……まで……あ、あぁぁあ……」

中で獰猛に脈打つ肉槍を感じながら、ルーチェは大きく目を見開いたまま、四肢を投げ出した状態で身体をびくつかせる。

シルヴィオは最後の一滴まで彼女へと注ぎ終えると、深いため息をついた。

二人の乱れた呼吸が重なり合い、一つへと融け合っていく。

弛緩しきった身体には深い安らぎが訪れていた。朦朧とする意識の中、ルーチェは力なく笑み崩れる。

シルヴィオはそんな彼女を優しく抱きしめると、まぶたへと口づけて目を瞑らせた。

一度閉じたまぶたは鉛のように重く、ルーチェはそのまま闇の彼方へと吸い込まれるようにして眠りへと落ちていった。

満ち足りた笑顔を浮かべて。

ж　ж　ж

（温かなベッド……懐かしい……）

怖い夢を見たときは、いつも祖母のベッドへと潜り込んでいた。

暗闇の中、狭いけれど温かなベッドで寄り添うように横になっていると、いつしか深い眠りへと落ちていったものだ。

温かなベッドは祖母とのつましいながらも充足した日々の象徴だった。

失ってみて初めてそれがかけがえのないものだと思い知らされた。

祖母が亡くなって、初めて冷たいベッドで独り横になったときのことが思い出される。いつになっても寝付くことができずに、結局朝まで起きていた。あんなにも夜が長いものとは知らなかった。

（もう二度と手に入らないものだとばかり思っていたのに……）

敢えていつも目を背けてきた切ない思いに胸が締め付けられる。

気が付けば、頬を熱いものが流れおちていた。

「ルーチェ、どうしたのかね？」

「…………」

落ち着き払った低い声にようやく我に返り、現実へと意識が引き戻される。

「あ……」

「気がついたかね？」

「……は、い」

シルヴィオの心配そうな表情があまりにも近くにあり、ルーチェは頬を赤らめるとつっと視線を逸《そ》らした。

下半身がやけに痺《しび》れていて、妙な違和感が身体の奥に残っている。その原因に考えを廻らせた途端、胸がどくんっと高鳴った。

（そうだわ……私ついにシルヴィオ様と……）

激しく一つに融け合ったくるおしい記憶がまざまざと蘇り、ルーチェは恥ずかしさのあまり今すぐ彼の前から逃げ出したくなる。

だが、それもなんだか気恥ずかしくてどうしたものか分からない。

誰にも見られたくない痴態を晒《さら》してしまった相手の前で、いつもと変わらない態度でなんていられそうにもない。

しかし、シルヴィオはいつもと変わらないポーカーフェイスでルーチェへと笑みかける。

こんな些細《ささい》なやりとり一つとってみても彼との年の差、ひいては経験の差を感じずにはいられない。

（あれからもうどれくらい経ったのかしら？　シルヴィオ様はずっと起きていらっしゃったのかしら……まさか寝てしまうなんて……）

ずっと寝顔を見られてしまったのだろうか？　変な寝言を言っていないといいけれど。

考えが散らばってまとまりそうもない。

とにかくあの恥ずかしい行為には極力触れられたくなくて、一刻も早くこの場から離れなくてはと焦ってしまう。

「あ、あの……もうそろそろ……お暇《いとま》しなければ門限が……」

「案ずる必要はない。修道女学院にはカストに連絡を入れさせた。もう夜も遅い。ゆっくりしていきなさい」

もつれた髪を指先で梳《と》かしながら、シルヴィオは彼女の頭を自分のほうへと抱き寄せて腕枕をした。まるでそうすることが当然といった態度で。

彼はいつの間にかアスコットタイのシャツを脱いでいた。

服の上からでは分からない程良く鍛えられた上半身をまぶしく思いながら、ルーチェは目をしばたたかせる。

直接触れ合っている素肌の心地よさにようやく少しだけ落ち着いてくる。

秘密の部屋が静まり返る。

ルーチェが上目づかいにシルヴィオの顔を盗み見ていると、不意に彼が呟いた。

「――君みたいな女性は初めてだ。今まで執着するものなど何一つなかったはずなのだが」

(今まで？　ということは……今は違うということ？)

言外の意味に思いを馳せると、ルーチェの胸は甘くときめく。

神妙な面持ちで黙ったまま彼の言葉に耳を傾ける。

「私には失うものなど何もなかった。だからこそどんなに大きな賭けでも躊躇《ちゅうちょ》してこなかったのだよ。これが私の勝負強さの秘密だ。聴いて呆れるだろう？」

「……いいえ……そんなことは……」

ただとても気にはなって仕方がない。失うものが何もなかったという彼の今までの人生が果たしてどんなものだったのか。

しかし、それはおいそれと尋ねることができないことのような気がして、ルーチェはそれ以上何も尋ねることができなかった。

「だが、その私が何を血迷ったか、君を失いたくない。私だけのものにしておきたいと思ってしまってね――参ったものだ」

「……ま、参った……ですか？」

「ああ、そうだ。まったくどうしたものか」

眉をハの字にして顔をしかめるルーチェに、シルヴィオは全てを包み込むような温かなまなざしを向けて目を細めてみせる。

以前までの冷やかな刃を彷彿《ほうふつ》とさせるものではない。それに気付いた途端、ルーチェの胸に温かな風が吹きこんできた。

「──どうすれば君をつなぎ止めておけるのだろうな?」

シルヴィオは苦笑すると、ルーチェの頬を長い指でくすぐる。

「君はともすれば今すぐにでも私の手をすり抜けてどこかへと行ってしまいそうだ」

「……すみま……せん……」

彼を怒らせてしまった振る舞いに思い当たり、腕の中で小さくなる。

「……私、いろんなことが不安で……全てから逃げ出したくなって……でも、もう……逃げませんから……今いただいた言葉だけで十分すぎます……」

ルーチェは自分の言葉一つひとつを確認するように言うと、意を決して真剣な面持ちでシルヴィオを見つめた。

そして、自分の今の思いを正直に告げた。

「例えどんな形であっても……シルヴィオ様と一緒にこうしていられるならば……何も怖くありません……」

こうして言葉にしてみて、ようやく自分の偽らない本心が確認できたような気がする。

彼にとって自分はただの玩具《おもちゃ》に過ぎないのだとばかり思っていた。

誰にも言えない秘密の関係、淫らな遊戯──それらは、自分が今まで信じてきた世界に対する裏切りだとすら思い詰めていた。

だが、シルヴィオと一つに融け合い、狂おしいほどの情熱が伝わってきた。

（もしかしたら信じてはいけないのかも……だけど……信じたい……）

あの本能を剥《む》き出しにした激しい営みは、幾多の言葉よりも多くを物語っていた。

（こんなにも私を欲してくれる人は、今まで他にはいなかったもの……）

果てのない恐ろしい喜悦の高波に翻弄された感覚が鮮やかに思い出され、身体の奥が熱を帯びてそっと熱い吐息をついた。

確かに得体のしれないミステリアスな大人の男性に本気で恋をしてしまうのは怖い。

しかし、自分の本心を知ってしまった以上、これ以上偽ることはできない。

「形——か。そんなにも気になるかね？」

「……シルヴィオ様だって……まったく気にならないというわけではないはずです……」

でなければ、自分のためにこんな秘密の部屋を用意するはずもないし、先ほどのような場合においても書斎から自分を追い出したりはしないはず。

ルーチェの疑惑のまなざしにシルヴィオは肩を竦めてみせた。

「面倒ごとは極力避けたほうがいい。君へ配慮したつもりだったのだが、気に入らなかったかね？」

「そ、そういうわけでは……」

「——私としてはあのまま君の痴態を見せつけてもよかったのだが？」

「っ⁉」

とんでもないことをさらりと口にするシルヴィオにルーチェは耳を疑い眉をひそめる。

「見せつけるだなんて……絶対駄目です……なんて恐ろしいことを……」

「だが、君は他人に見られながらのほうが感じるようだからな。この私が気がついていないとでも思っていたのかね？」

「………」

耳元で嗜虐を滲ませた声色で意地悪な言葉を囁かれるだけで、熱に浮かされたようにぼうっとなってしまう。

それに気付いたと思しきシルヴィオは、彼女の乳房を掌《てのひら》で弄びながら耳へと舌を這《は》わせていく。

「この次はカストを傍に控えさせておくかね？　いつものように――」

「っ⁉　い、いやです！　そ、そ、そんなこと……」

いつもの調教ですら恥ずかしくて仕方がないというのに、あんなにも激しく淫らな行為を他人の前でするなんてありえない。ルーチェは目を剥いて否定しにかかる。

「さすがに冗談だ。君は本当に真面目だな」

「……うぅ、冗談に聞こえません」

「まあ、そうだろうな。半分は本気なのだから」

「………」

相変わらずの他人を食ったような言葉にルーチェは顔を真っ赤にして押し黙る。

（半分以上本気だったくせに……）

疑いのまなざしを向けると、シルヴィオは彼女の頭をくしゃっと撫でて宥めにかかる。

「人生など所詮泡沫《うたかた》の夢だ。形など気にしたことはないし、他人にどう思われようが関係ない。だが、それが一般的な考え方ではないことも理解している」

「シルヴィオ様……」

享楽的で刹那的な彼の雰囲気の核を成す理念が垣間見えた気がする。

まさかあんな大胆な賭けを仕掛けてくる彼が、まるで世捨て人のような考えを持つとは思いもよらなかった。

（たぶん……いろいろと大変な思いをされてきたのね……）

華々しい世界の第一線で活躍し、名を馳せる人々は、ともすれば光があたる部分だけが目立つものだが、光あるところには必ず影があるもの。きっと自分には想像もできないような苦労をしてきたのだろう。

誰にも何にも執着せず期待しない――その考えは一見孤高のようにも思えるが、ルーチェはむしょうに悲しく思う。

「君の考え、望む形を教えて欲しい。なんなりと叶えてみせよう」

「っ!?」

シルヴィオの表情から笑いが消えた。その真摯な申し出がルーチェの胸を打つ。

何でも自分の思い通りにしてしまう生まれながらの王者みたいな人の言葉とは思えない。

ルーチェはくすっと笑いながら、彼の腕の付け根へと頬を擦り寄せて言った。

「……ありがとうございます。だけど、そのお気持ちだけいただいておきます。もう私は大丈夫ですから……」

すると、シルヴィオはどこからか一枚のコインを取り出してみせてきた。

「君は自分の願いを素直に口にすることが苦手なようだな。ならば、賭けで決めるとしよう。それならば文句はあるまい」

「……え、ええ」

的を射た彼の指摘に驚きながらも、ルーチェは頷《うなず》いてみせた。

「コイントスだ——裏が出るか表が出るか。二択の賭けだ。簡単だろう？」

「……はい」

一方的に何かしてもらうのはとても申し訳なく感じるが、この方法ならば確かに素直に応じることができそうだ。つくづくシルヴィオの観察力には驚かされる。

（私自身が気づいていなかったことまで見通してしまうなんて……きっと何を隠したとしても全部見抜いてしまうに違いないわ……）

「では……裏に賭けます」

ルーチェの了承をとりつけたシルヴィオは、慣れた手つきでコインを親指で弾いた。

コインは宙で回転して楕円の弧を幾多も描いたかと思うと、彼の左の手の甲へと吸い込まれていく。

右手でコインを覆い隠すように受け止めると、シルヴィオはルーチェの目の前で右手を外してみせた。

王冠を模した浮き彫りが施された硬貨の片面を目にした瞬間、ルーチェの表情に喜色が滲《にじ》んだ。

「――裏だな。君の勝ちだ。さあ、君は私に何を望む？」

ニヤリと笑ってみせると、シルヴィオはルーチェの耳元へと甘く囁《ささや》いた。

「……いきなり……言われても……困ります……」

賭けに勝てたことはうれしいものの、肝心の願いごとはまったく考えていなかったため、考えこんでしまう。

「どうした？　先ほどみたいに可愛くお願いしたらいいだろう？」

「っ⁉」

からかいを帯びた口調で言われた途端、顔が熱を帯びて胸がドクンと高鳴る。

「――もう、そんな意地悪言わないでください」

「どういうわけか君はいじめたくなる。いろんな意味で――」

涼やかな口調でまるで少年のようなことを平然と口にする彼のギャップに驚くと同時に、自然と顔が綻んでしまう。

（不思議……こんな風に思えるなんて……）

少し前まで、彼と自分の間には目には見えない高い壁が聳《そび》え立ち、隔てられていたのが嘘のようだった。心身が一つに結ばれることに、こんな秘密が隠されているなんて思いもよらなかった。

けして赦《ゆる》されないこと、ついに一線を越えてしまったというのに。罪悪感よりも満たされた気持ちのほうがよほど強い。

（私の負け……ね……）

コイントスでは勝ったが、彼の危険な賭けそのものには負けてしまった。

それを認めると、今まで胸に重くのしかかっていたものが消《き》え失《う》せて心が軽くなる。

（どんな形でもいい……いつか罪を償《つぐな》わなければならない時が来たとしても……こうしてシルヴィオ様の隣にいられるならば……きっと後悔しないはず……）

罪の意識と彼の掴《つか》みどころのない態度とによって定まらずにいた思いがようやく形を以って確認できたような気がする。

「どうした？　そんなにも願い事は見つからないものかね？」

「……なかなか……難しくて……」

「チャンスの女神はすぐに逃げていってしまう。いつでも捕まえる準備をしておいた者だけが願いを叶えることができる。何をどうしたいか、小さなことから大きなことまで常に心に留めておくようにしたほうがいい」

「……はい」

さまざまな賭けに挑んではでは勝利を掴んできただろうシルヴィオらしい言葉だと思いながらルーチェはその意味に思いを廻らせながら頷いてみせた。

「もっとも——すでに大きな賭けに勝利しているはずの君には余計な助言かもしれないが」

彼の言葉の意味することに気づいた瞬間、ルーチェは気恥ずかしさと甘い空気に身も心も蕩《とろ》けてしまいそうになる。

(大きな賭け……私とシルヴィオ様が今ここでこうしていること……)

幸せな思いがゆっくりと胸に満ちていく。

「君の望みならば、なんなりと叶えてあげよう」

「そういうこと、簡単に口にしてはならないって仰《おつしや》っていたのに……」

「ああ、そのとおりだ。無論、覚悟の上で口にしている」

彼の甘くも揺らぎない言葉に顔が綻んでしまう。

しばらく考えてから、ルーチェは躊躇《ためら》いがちに口を開いた。

「では……たまには二人きりでどこかへおでかけしたいです……」

「そんなことでいいのかね？」

「私にとってはとても贅沢《ぜいたく》なお願いです」

誰の目も気にすることもなく、シルヴィオと二人きりの時間を過ごすことができたらどんなにか幸せだろう。多忙な彼を独り占めできるなんてこの上ない贅沢に違いない。

(普通の恋人同士みたいに過ごすことができたなら……)

胸がわずかに痛んで顔をしかめる。

「――君は本当に無欲だな」

「いいえ、そんなことありません……ただ、欲の形がちょっと他の人たちとは違うだけかもしれません。日々のちょっとした幸せを教えてくれたのが祖母でした」

ルーチェは胸にさげたネックレスを見つめながら、まだ祖母が生きていた頃を懐かしく振り返りしみじみと呟く。

日々のちょっとした幸せを楽しむこと。それは祖母が亡くなった後もずっと折に触れてルーチェを助けてくれたものだ。

ルーチェは改めて祖母へと感謝する。

「そうか――なるほどな」

シルヴィオが得心したように頷くと、ルーチェのこめかみにキスをして言った。

「ようやく君の秘密が少しだけ解けたような気がする」

「私の秘密……ですか？」

「ああ、君は私にはないものをたくさん持っている。とても興味深い存在だ」

世間に名を轟《とどろ》かせる大富豪の言葉とは思えないが、その言葉はとても重々しく実感のこもったものだった。

だから、鵜呑みにしてはならないとは思わない。

「……シルヴィオ様はなんでも持っていらっしゃる方だとばかり思っていました」

「私もそう思っていたのだが――どうやら違ったようだ。それを教えてくれたのは君だ。感謝している」

彼の皮肉めいた苦笑を目にした瞬間、ルーチェの胸に熱い思いが沸きあがった。

(私が差し上げられるものなら……なんでも差し上げたい……)

この強い感情は一体何なのだろう？

じっとシルヴィオを見つめると、彼が自然とその整った顔をよせてくる。

触れ合うだけの優しいキスに蕩けながら、ルーチェは満ち足りた思いに心おきなく身を委ねていった。

第六章　懐しの庭園で乱されて

（今日はお城ではなく一緒に遠出をしたいって……この間の約束を覚えていてくださったんだわ……一体どこに連れていってくださるのかしら……）

ルーチェはそわそわしながら馬車の外を眺めては、対面の椅子に座ったシルヴィオに視線をうつして、すぐさま恥ずかしそうに目を伏せる。

だが、しばらくしてまた顔を起こしては目を合わせ、弾《はじ》かれたように逸らしということを何度も繰り返す。

気の置けない甘い空気がくすぐったい。こうしていると本物の恋人同士のような気がする。

恋人ではなく愛人という立場に何度も傷ついてはきたが、彼の本当の気持ちを確かめてからはそれもさほど気にならなくなっていた。

形は重要ではない。互いにどう思い合っているかが一番大事なのだという確信がルーチェの背中を押し、ささやかながらも自信を与えていた。

どんな形でもいい。彼のまっすぐな思いに応えたい。

そんな覚悟にこんなにも救われるとは思ってもみなかった。

(……気のせいかしら。この道って前にも通ったことがあるような)

不意に、ルーチェはゆるやかな坂道に既視感《デジャヴ》を覚えて首を傾げる。

気のせいかとも思うも見慣れた尖塔《せんとう》を目にした瞬間、ハッとして彼を見た。

すると、シルヴィオは笑いを噛み殺しながら、いたずらっぽい口調で明かしてきた。

「ああ、そうだ。君の城を私が買い戻したのだよ」

「――っ⁉ ど、どうして……そんな……」

「単なる気まぐれ、そう思ってもらって構わない」

「………………」

相変わらず掴みどころのない彼の回答にルーチェは苦笑する。気まぐれで城一つ買い戻すなんてとんでもないことだが、いかにも彼らしい言葉だなとも同時に思う。

オークションでの出会いから二ヶ月が経《た》とうとしていた。

互いの本心を確かめ合い、より多くの時間を共に過ごすようになってからというもの、彼のことがだいぶ分かってきた。

それがなんだかうれしくて、ルーチェはしみじみとささやかな幸せを噛《か》みしめる。

まだ解決しなければならない問題はたくさん残されているが、今はこの幸せを噛みしめていたい。

「驚いたようだな」

「そんなの……当たり前です……」

「恋人には何一つ不自由はさせない主義だと言っただろう？」

「でも、まさかここまでしてくださるなんて……」

いたずらっぽい少年のような目をしてみせるシルヴィオに相好を崩す。

酸いも甘いも知り尽くした大人の紳士である一方で、時折彼が見せるこういった意外な一面にどうしようもなく惹かれてしまう。

しかし、それとこれとは別の話で、やはり彼の厚意をそのまま受け取ることはできない。

「あの……お気持ちはとてもありがたいのですが……せめて私にお城を買い直させてはいただけませんか？」

おずおずと申し出てみると、予想どおりシルヴィオは眉根を寄せて、たしなめるようなまなざしを向けてきた。

「悪いが断る。この城は誰にも売るつもりはない。私のコレクションの保管場所にもちょうどうってつけなものでね」

「でも……ただでさえネックレスをお城一つ分もの高値で競り落としていただいて……その上お城まで買い戻していただくわけにはさすがに……」

「私にとっての君の価値は城二つ分だと思えばいいだけの話だ」

「そ、そんな⁉　滅相もないです！」

「謙遜する必要はない。それでも安いくらいだと私は思っている――」

「……かいかぶりすぎです」

一体どこまでが本気の発言か分からなくて、ルーチェは翻弄される。

そんな彼女の様子を愉《たの》しげに眺めると、シルヴィオは彼女へと耳打ちした。

「正確にいえば城一つと半分だ――この城は私と君の共有財産、愛の巣となるのだからな」

「――っ⁉」

シルヴィオの囁きにルーチェは息を呑んで身を硬直させる。

（共有財産？　愛の……巣？）

目を瞠《みは》り物問いたげなまなざしを向けるが、彼はわざとらしくそれを無視し、意味深な微笑《ほほえ》みを浮かべたままルーチェの頬を指でくすぐった。

ж　ж　ж

「……すご……い」

両親が遺《のこ》した古い城は見違えるように整えられていて、ルーチェは自分の目を疑いながら夢見心地で玄関ホールの奥へと歩を進めていく。

ホールの天井からは一メートルはゆうに超す巨大なシャンデリアがさげられ、床には新たな大理石が敷き詰められていた。

壁には等間隔にいかにも高価そうな絵画がかけられている。恐らくそれらはシルヴィオのコレクションの一部なのだろう。

「気に入ってもらえたかね？」

「……こんなに綺麗にしていただいて……驚きました……」

「傷みが目立つ箇所は事前に私のほうで手を入れさせてもらった。だが、基本的には内装も君の好きにしてもらって構わない。必要なものがあれば何でも言いたまえ。カストに言付けてもらってもいいし、君の身の回りの世話をさせるメイドに告げても構わない」

「……メイドだなんて分不相応です。私には必要ありません」

「そうかね？」

「……はい」

ルーチェは心ここにあらずといった風に頷くと、ホールのさらに奥を目指していく。両親がお気に入りの場所だったと祖母から聞かされていた場所を探して。

「ああっ」

中庭へと一歩踏み出すと同時に、ルーチェは口元を両手で覆ってその場に立ち尽くす。

中央の噴水を取り囲むようにして、大輪のピオニーが咲き誇っていた。

祖母が大切に育てていた花々だけは昔と一つも変わっていなかったのだ。

（まるで私の代わりにこのお城を守り続けていてくれていたみたい……）

胸がいっぱいになって視界が涙で滲む。

時折、祖母と遠出して城にやってきてはこの庭の手入れを一緒にしていたことが昨日のことのようにはっきりと思いだされる。

「ありがとう……ございます……本当にうれしいです……」

「庭師の勧めもあって、可能な限り元の姿をとどめたつもりだ。この庭は代々の主《あるじ》にとても愛されていたと言っていた」

「……なんとお礼を言ったらよいか」

「礼には及ばん。どうやら君にとってここは特別な場所のようだな」

「はい……とても……」

「君は私が持っていない貴重な宝物をたくさん持っている——豊かな人生だ」

「私が豊か……ですか？　シルヴィオ様のほうがよっぽど……」

「君の宝物はいくら他人が欲しがってもけして奪えないものばかりだ。君のほうがよほど豊かだ。自信を持ちなさい」

シルヴィオはルーチェへと鷹揚《おうよう》に笑みかけると、彼女の身体をそっと自分のほうへと抱き寄せて告げた。

「その宝を君ごと奪ってしまいたい」

「……シルヴィオ様？」

意味深な言葉にルーチェの胸は跳ねる。

「どうか私だけのものになってはくれないか？　いずれは完全に私もこちらに居を移すつもりでいる。今しばらくの辛抱だ——それまで待っていてくれるかね？」

信じがたいまさかの申し出に、ルーチェはまばたきも忘れて固まってしまう。

「あの……それ……って……」

「それが君の望む形だと思ったのだが違ったかね？」

「…………」

シルヴィオの言わんとすることを悟り、胸が熱く震える。

（……奥様と別れて……私と一緒に過ごしてくださるつもり……）

自分の耳を疑うが、彼のどこまでも真剣なまなざしが本当のことだと語っていた。

「もったいない……くらいです……そこまでしていただくなんて……」

「ここでなら誰にも気兼ねなく形を気にすることもない。いつでも好きなときに自由に愛し合えるだろう？」

ニヤリと笑うと、シルヴィオはフロックコートをその場へと脱ぎ捨てた。そして、ルーチェの身体を軽々と抱きあげ噴水の中へと入っていく。

「っ⁉　シルヴィオ様⁉　一体……何を……」

戸惑うルーチェにも水に濡《ぬ》れてしまうことにも構わず、シルヴィオは彼女を噴水の中央に飾られた女神像の足元へといったん座らせ、彼女のドレスをも脱がしていった。

水を吸ったドレスが噴水の中へと落ちていき花のように広がる。

「例えば、今日みたいに日差しが強い日などには、こうやって涼みながら愛を確かめ合うのも一興ではないかね？」

「こ……こんな場所で……ですか？」

ことすらなかった。

青空の下、それこそ誰に見られるか分からない場所で愛し合うなんて。ルーチェは想像した
城には基本的にさまざまな人々の出入りがあるもの。プライベートエリアだからと言って完全に秘密が守られるとは限らないというのに。

「駄目……です。まだお城の改修は途中なのですよね？　先ほどおっしゃっていた庭師の方だってまだ出入りをされているのでは……」

「ああ、もちろん。だが、信頼できる人間しか出入りを許していない。だから問題ない。彼らは我々の味方だ。秘密は厳守する」

「も、問題なく……ないです……」

秘密は守られようとも、他人にそういう行為を見られてしまうのは困る。

ルーチェは視線を彷徨《さまよ》わせながら、彼の腕から逃れようと身を捩《よじ》る。

しかし、慣れた手つきで抵抗を阻まれ、コルセットをも緩められてしまう。

水に濡れて冷えた肌にシルヴィオの熱い唇が押し付けられた瞬間、身体の芯に火が点《とも》る。

シルヴィオはコルセットの中からまろび出てきたやわらかな乳房を両手で捧げ持つと、二つのいただきを交互についばみ始めた。

「あ……ン、あぁ……」

指を噛んで声を堪えようとするルーチェだが、その指を彼に引き抜かれてしまう。

「声を我慢する必要はないと言っただろう？　ここは私の城ではない。君の城なのだから。主

らしく堂々としていたまえ」

「でも……さすがにそれは……」

「ここでは私と君を縛るものは何もない。それが何を意味するか、分かるだろう？」

明らかによからぬことを企《たくら》んでいると思《おぼ》しき彼の黒い微笑みにルーチェは戦慄する。

今まではいろんな制約があったが、それが完全に失われたならば？

心臓が妖しく太い鼓動を刻む。

「君の特別な場所にぜひとも私との思い出も刻み込みたい――ご両親とおばあさまの魂もきっと君の成長を喜んでくれるはずだ」

「や……そんなこと言わない……でくだ……さい……」

わざと彼が自分を煽るような言葉を差し向けてきていることは分かっている。それでも魂の存在を信じる修道女学院での敬虔な教えに従ってきた身からすれば、どうしても両親や祖母にけして見られたくない痴態を晒しているような錯覚を覚えてしまい忍びない。

「……どう、して……そんな意地悪を？」

「――嫉妬しているのだろうな。君が大切にしている全てのものに対して」

そう言うと、シルヴィオは彼女の腰を本格的に抱え込み、自らの半身をまだ解《ほぐ》してもいない媚肉へと力任せに埋め込んでいった。

「やっ！　っく、あ、あぁあああ……」

前戯もしていない状態で、しかも淫らな張り型を中へと収めたまま貫かれるなんて。

あまりにも信じ難い責めにルーチェはたまらず引き攣れた嬌声をあげてしまう。

（……嫉妬って……こんなにも……）

すでにこの世を去った血縁者、思い入れのある中庭。それら全てに向けられるシルヴィオの苛烈なまでの嫉妬にルーチェは慄《おのの》く。

「あ、あ、あぁ……」

肉槍が灼熱の鏝《こて》のようにじりじりと奥へと沈み込んでいく感覚に身震いする。

それは破瓜の瞬間《とき》を彷彿とさせる挿入だった。

「う、あぁ……」

ルーチェは切羽詰まった表情で彼の逞《たくま》しい身体へと無我夢中でしがみついてしまう。

シルヴィオはそんな彼女の頭や背中を撫でながら、獣のように荒々しい吐息をつく。

「さあ、いい子だ。そのまましっかりつかまっていなさい――」

「え!?　つきゃ、あ、あああぁっ!?」

シルヴィオがルーチェの腰を深く抱え込んだまま自らの腰をも浮かせた。雄々しい怒張を彼女の膣内へと埋め込んだまま女神像の足元に腰かけていた状態から抱きあげられる格好となり、ルーチェの上半身は頼りなげにぐらりと傾ぐ。

バランスを失いそうになったルーチェは、さらに強く彼の身体を抱きしめた。

深くつながりあった箇所が支点となっているせいで、いつもよりも深く貫かれているように感じる。

「う……っく……ふ、深……すぎ……。あぁあ……」

「ここでならばいくら泣き叫んでもいい。今まで我慢していた分、存分にくるいたまえ」

シルヴィオが腰に力をいれたかと思うと、ゆっくりとした動きで回し始めた。

深々と奥を貫いた肉棒と張り型とに蜜壷を掻《か》き回《まわ》され、ルーチェは悲鳴をあげる。

「ひっ⁉　あ、あ、あ、あぁああ！」

「いい声だ。もっともっと――くるわせたくなる」

舌なめずりをすると、シルヴィオはさらに腰の動きを大胆なものへと転じていく。

ねっとりと奥を掻き回すようにしながら、同時にピストンを開始したのだ。

「い、や……動かさ……ない、で。こ、壊れちゃ……う……あ、あ、あぁあっ！」

張り型を収めたまま太い肉棒を穿たれているため、わずかな動きでも膣内が軋《きし》んでしまう。

にもかかわらず、だんだんと荒々しくなっていく突き上げに、本当に壊れてしまうのではないかと怖くなったルーチェは逼迫《ひっぱく》した表情で首を左右に振り立てて制止を訴える。

だが、シルヴィオの責めは獲物を追い詰めるほどより激しさを増していく。

「安心しなさい。すぐによくなると知っているだろう？」

そう囁くと、シルヴィオはよりいっそう腰を強く跳ね上げ、ルーチェの全てを本格的に征服しにかかる。

「っきゃっ⁉　あ、あ、あぁああ、いや、あぁあ……」

あまりにも太くて深すぎる抽送にルーチェは甲高い悲鳴をあげてしまう。

思い出の中庭に淫らな声が響き渡り、羞恥が炎のように燃え上がる。

(あぁっ……まさかここでこんなことをされてしまうなんて……)

幼い頃の自分は思いもよらなかったし、祖母や両親も当然そうだったに違いない。

そんな風に考えては駄目だと思うのに、シルヴィオの言葉が忘れられずに、どうしても考えてしまう。またも彼の罠《わな》に嵌められてしまった。

「いい声だ――君の大切な家族へもっと聞かせてあげるといい。もう自分は子供ではない。大人の女性になったのだと――」

「そんな、の……いや、あぁあ……ン！　やめ……て……あ、あ、あぁああぁああ！」

背徳的な罪悪感に彼から逃げねばと思うが、腰を深く抱え込まれた状態で肉棒を穿たれているため抗《あらが》うことはできない。

むしろ腰がくねってなまめかしい動きになってしまい、ルーチェはいっそう恥じ入る。

今までにない羞恥と愉悦とに顔をくしゃくしゃにしてよがりくるう彼女に、シルヴィオの牡《おす》はよりいっそう牙を剥《む》く。

はちきれんばかりにそそり勃起《た》った肉槍がくぐもった淫らな水音をたてながら、すさまじい勢いで穿たれていく。

いやらしいディルドーと屹立《きつりつ》とが子宮口に重たい一撃を叩き込んでいく。

深い抽送の振動が子宮に響くと同時に、頭の中が真っ白になり、ルーチェはあられもない声をあげてよがってしまう。

「ンあぁ……あ、あぁっ！ も、う……駄目……あ、あぁ……」

「きちんと達するときにはそう報告しなさい――君の大切な家族へ」

「あぁあっ！ そん……なっ！ い、やぁ、あ、あぁあああっ！」

脳裏に祖母の優しい笑顔を思い描きながら、ルーチェは全身を波打たせて激しい絶頂を迎えてしまう。

しかし、彼の責めは一度達したくらいではけして終わりはしない。

「勝手に達してしまうとは――悪い子だ」

シルヴィオはいったん動きを止めてルーチェの耳元に囁くと、平手でヒップを打った。

「あぁあぁンンンッ！」

刹那、ルーチェは喉元を反らせてもう一度鋭く達してしまう。

根元まで突き刺さった肉棒と最奥へと埋め込まれた張り型とをきつく締め付けてしまい、いったん外へと追い出しにかかる。

だが、シルヴィオは腰に力を込めると濡れた肉棒を再び彼女の膣奥へと収めた。

「ン……あ、あ、あぁ……」

子宮口に鈍い快感が沁《し》みていき、腰全体が痺れてしまう。

ルーチェは喘《あえ》ぎあえぎ乱れきった呼吸を懸命に整えながら、思いつめたまなざしをシルヴィオへと向ける。

シルヴィオは目を細めて口元を綻ばせたかと思うと、わざと下半身に力を込めて彼女を挑発しにかかる。

「っ⁉　ンン、や、あぁあああっ⁉」

彼とつながっているのだという実感に胸を妖しく掻《か》き立《た》てられ、ルーチェは浅くはあるがまたもイってしまう。

「また何も言わずに達してしまったか――思い出の場所でこんなにも感じてしまうとはな。いや、思い出の場所だからこそ、か？」

「――ち、違……」

「ごまかそうとしても無駄だ。君の反応は素直すぎる。全て伝わってきている――」

シルヴィオは勝ち誇った笑みを浮かべると、ゆっくりとした動きで淫らな蜜に濡れた肉棒を出し入れしつつ、彼女の羞恥に歪《ゆが》む表情を間近で楽しむ。

嗜虐めいた彼の態度にルーチェはよりいっそう溺れてしまう。

「君の罪悪感と羞恥に濡れた表情は見飽きない。独占欲を駆り立てる」

ルーチェは必死に顔を背けて唇を噛みしめ声を我慢しようとするが、ただでさえ昂《たか》ぶった身体に再度深い抽送を刻み込まれてはそれも限界だった。

子宮口に雄々しい衝撃がはしるたびに信じがたいほどの快感が爆《は》ぜ、際限なく絶頂を上書きしていく。

背徳的な罪悪感とひっきりなしに身体へと刻み込まれる愉悦の高波とが、いまやルーチェの全てを支配していた。

（……ああ……どうか赦して……）

祖母や両親に赦しを乞うと、ついにしつこくしがみついていた一欠片の理性を手放す。

心臓の鋭い早鐘が全身に轟《とどろ》き、本物の限界が迫っていることを告げている。

「ま、また……あ、あぁあああ……駄目……い、イって……しまっ……ンンンッ！」

ルーチェは彼の命令に従うと共に、今までにない高みへと一気に昇りつめた。

彼の頭を抱え込むと、全身をわななかせながらこわばらせる。

蜜壺が卑猥な侵入者たちを渾身《こんしん》の力を込めて追い出しにかかる。

あまりにも激しい収斂《しゅうれん》に、肉の刀身がぬるりと外へと抜け出て淫具が同様に続き、噴水の底へと落ちていった。

「――っ！」

シルヴィオが獣のように唸《うな》ると、ルーチェの身体を強く抱きしめて自らも達した。

熱い迸りが剛直の先端から放たれたかと思うと、波打つ下腹部と秘所とを白濁に染め上げていく。

濡れた身体に浴びせられた精液の熱さに、一瞬飛んでしまったルーチェの意識がかろうじて引き戻される。

「……あ、あ、あぁ」

ルーチェは彼の肩にぐったりと頭を預けきった状態で、上ずった声を洩《も》らしながら興奮の余韻に浸る。

彼女の背中を優しく撫でながら、シルヴィオはこめかみに唇を押し当てて目を閉じた。そのままルーチェが落ち着くのを静かに待つ。

「――大丈夫かね？」

「…………」

ルーチェが力なく首を振ってみせるのを確認して口元を綻ばせる。

「いつか私も君のコレクションの一つに加えて欲しいものだ――」

「……っ」

哀愁を帯びた彼の呟きがルーチェの胸を衝いた。

「……そんな……もう……とっくに……」

思わずそんな言葉が口から零れ出てきてきて顔を赤らめる。

シルヴィオは一瞬目を瞠るが、今までになく穏やかな微笑みを浮かべると、ルーチェの濡れた額へといとおしげに口づけた。

ж　ж　ж

淫らな水浴びの後、身支度を整えたルーチェとシルヴィオは城のテラスへと移動した。

カストに熱い紅茶を淹れてもらい、ソファにて二人きりのアフターヌーンティーを楽しむことにしたのだ。

初夏とはいえ、かなり長い間水に濡れて冷え切った身体に熱い紅茶が沁み渡り、生き返った心地がする。

ルーチェは柔らかな布地を潤沢につかったワンピースドレスへと着替え、シルヴィオはいつものアスコットタイのブラウスにズボンにブーツといういでたちだった。

ただし、タイは解かれていて、ブラウスのボタンもみぞおちのあたりまでは開いたままなので、少し動くたびに鍛えられた胸元が見える。

ルーチェは目の置きどころに困りながらも、穏やかな表情を浮かべて自分の膝に頭を預けてソファに横になっている彼の横顔を飽きることなく眺めていた。

さわやかな風がテラスを吹き抜けていく。小鳥たちの楽しげなさえずりも耳に優しい。

二人きりの時間がゆるゆると過ぎていく。

誰の目も気にすることなく、こうして二人きりでいられるなんて。

ルーチェは満ち足りた思いをしみじみと噛みしめていた。

時折、目が合うたびにシルヴィオは彼女の頭を自分のほうへと寄せて軽く口づけてくる。それがくすぐったくも幸せでルーチェは気恥ずかしそうな笑みをこぼす。

「こんな風にのんびりと過ごすのは久しぶりだな」

「お仕事お忙しいのですか？」

「今に始まったことではない」

「きちんと休んでくださいね。身体を壊してしまわないように――」

「……私にそんなことを言うのは君が初めてだ」

ルーチェがシルバーブロンドを指で梳《と》かしながら言うと、シルヴィオは口端に皮肉めいた笑みを浮かべて遠い目をした。

「何かに没頭しているときにはわずらわしいことを考えずに済む。思えば子供の頃からそうだったな」

「わずらわしいこと……ですか？」

「ああ、余計なものが絡むと何かと面倒なしがらみが多いものでね。血がつながった者同士ですら気が抜けないものだ――いや、血がつながっていればこそといったほうが正しいか。遠ざけておくに限る」

（余計なもの……お金や権力のこと？　家族ですら気が抜けないって……）

時折、彼から垣間見える孤独の源はそこにあるのだろうか？

ルーチェは彼の過去に思いを馳せつつ、黙って彼の額を撫でた。常に深く刻まれた眉間の皺《しわ》を解きほぐそうとでもするかのように。

（きっと……複雑なご家庭だったのね……）

持てる者には持てる者の悩みがあるもの。

そういえばシルヴィオの口から家族の話は聞いたことがない。

（失うものが何もない。何にも期待しないだなんて……それってもしかしたら……今まで期待を何度も裏切られてきたから？）

そう思い到ると同時に胸に鋭い痛みがはしる。

「……あの……私は……ご期待に添えるように……頑張り……ますから……」

言葉を慎重に選びながら、途切れとぎれそう言うので精いっぱいだった。

すると、シルヴィオは笑いを噛みころしながら彼女の頬へと手を伸ばしていとおしげに撫《な》でてくる。

「君は真面目だから、頑張りすぎてしまわないだろうかと気がかりだ。くれぐれもほどほどにしておきたまえ」

「……それってどういう意味ですか？」

「さあ、どういう意味だろうな？　自分の胸に聞いてみるといい」

例の全財産を賭けたオークションのことを言っているのだとすぐに分かる。

「もう……からかわないでください……」

ルーチェは頬を膨らませると彼を甘く睨みつけた。

「私こそ君の期待に応えねばな――この城の主は君だ。君が規則を決めたまえ。私はそれに従おう」

「……そんな。今の持ち主はシルヴィオ様ですから……」

「君に贈ったのだから、君が主だ」

「だから、いただけませんって……さすがに……困ります……」

「いかにも君らしい返事だな。では、こうするとしよう。この城は私のコレクションを収蔵するために購入した。そこで城の管理を君に任せたいのだが、引き受けてくれるかね？」

「っ⁉」

思ってもみなかった依頼にルーチェは目を瞠る。

「……私に……できるでしょうか？」

「最初は慣れないだろうがカストに指導させる。一番重要なことは君が私の信頼に値する人物かどうかということだ。その点、君の頑固なまでの生真面目さは身を以って知っている。貴重なコレクションを預けるには君こそが適任と考えている」

「………」

明らかになにがしかの意味を含んだ彼の言葉に顔をしかめるが、彼からの初めての依頼に心が浮足だってしまう。

（シルヴィオ様のお役に立てることができる）

一方的に何かをしてもらうばかりではあまりにも申し訳ないと常々思ってきたルーチェにとってそれは願ってもない好機だった。

シルヴィオはルーチェの膝から身体を起こすとその場へと立ちあがる。そして、彼女へと向き合いその両手を握りしめた。

日の光を受けて強く輝くルビーのような彼の瞳にルーチェは吸い込まれそうになる。

「ぜひとも君に引き受けてほしい。お願いできるかね？」

「……はい、私でよければ……頑張ってみます」

「君でなければ駄目なのだよ」

シルヴィオの言葉が胸に沁みこんでくる。

(期待に応えたい……頑張らなくちゃ……)

やる気と緊張とに彩られた彼女の表情を見てとってか、シルヴィオが肩を竦めてみせるといつもの意地悪な目をして口端をあげてみせる。

「引き受けてくれてよかった。これほど自由な場所を私に任せてしまったら、きっと君は後悔したに違いないからな」

「どういう意味ですか？」

「例えばそうだな——私ならこんな規則を決めたかもしれない。この城においては一切の衣服の着用は禁じる。アダムとイブさながらの生まれたままの姿で過ごすべし、と」

「っ⁉ そ、そんな規則……とんでもないです！」

「冗談だ」

「………」

絶対に半分以上は冗談ではない。

ルーチェはシルヴィオに疑惑のまなざしを向けると窘《たしな》めるように言った。

「さっきもあんな無茶をいきなりしてきたり……シルヴィオ様は自由すぎます。風邪をひいてしまっても知りませんよ？」

「そうしたら君に看病してもらうとしよう」

「二人一緒に風邪をひいてしまったら無理です！」

「確かにそうだな。そうなったらまずは私が君の看病をしてあげよう」

「…………」

彼が口にすると、「看病」という他愛《たあい》もない言葉すら別な意味を持つのではないかと勘ぐってしまう。実際、不敵な光を宿した赤い双眸《そうぼう》はあきらかにそう物語っていた。

「さあ、まずはこの城で君は何をしたい？　一つずつ一緒に叶えていこう」

「そう……ですね」

ルーチェはしばらくの間、真剣に考えを廻らせてからこう答えた。

「まずはハーブとかお野菜を育てたいです。庭の一部を使っても構いませんか？」

「…………」

あまりにも欲がなさすぎる夢に、シルヴィオは渋面を浮かべると彼女の頭をくしゃっと撫でてから言った。

「……それは構わないが、その理由を尋ねても構わないかね？」

「ええ、お料理に使うんです。シルヴィオ様に食べていただきたいお料理がたくさんありますから！　お城を任せていただくからには、おもてなしも頑張らなくてはなりませんもの」

「そういった類の仕事はメイドや庭師に任せておけばよいのではないか？」

「いいえ、何でも人に任せてしまうのでは、せっかくの貴重な楽しみまでなくしてしまいます。身の回りのことはなるべく自分でやらなくては。特に料理だけは誰にも任せたくないです」

「誰かのために料理を作って、それを一緒にいただくことって……とっても幸せなことだと思うんです。大切なことです」

「それも君のおばあさまの教えかね――」

「はい、それがあたりまえでしたから」

失った後でそれがどれだけ貴重なことだったか改めて気づいたということまでは口には出さないが、胸が詰まり鼻の奥がツンと痛くなる。

女子修道院の料理は無機質で味がほとんどなく、祖母の手料理を何度懐かしく思ったかしれない。誰かが誰かのために作った料理というのは特別なものであってかけがえのないものであるに違いない。

「そうか。では、君の好きにしたまえ。また一つ楽しみが増えた」

「はい、頑張りますからっ！　お好きなものとか苦手なものとかは教えといてくださいね」

「――君が私のために作ってくれたものならばなんだっておいしいだろう」

「……そこまで期待されると……ちょっと……程ほどでお願いします……」

シルヴィオの城のコック長と比べられてしまうと正直自信はない。

「誰かのためを思って作られた料理か。一体どんな味なのだろうな、想像もつかない。あいにくこの年になるまで私にはそういう機会がなかったものでね」

「………………」

「――ふむ」

シルヴィオの淡々とした言葉にルーチェは一瞬なんと答えたものか分からなくなる。

ようやく彼がどんな世界で生きてきたか、少しずつではあるが分かってきた気がする。

（お母様も……奥様も……彼のために料理はなさらなかったのね……）

きっとそれが彼にとっての「あたりまえ」なのだろう。

確かに、彼程の大富豪であれば、身の回りのことは全てメイドや執事に任せるものなのだろう。しかし、それを考慮したとしても、今まで一度もそういった機会がなかったという点には疑問が残る。

（エヴァのお母様だって……娘のために手作りのお菓子を作ってくれるのに……）

「……なら、これからそういう機会をたくさん作っていきましょう！」

気がつけば、ルーチェは真剣な面持ちで彼の両手を握りしめ返して力説していた。

「ああ、そうだな――」

シルヴィオは穏やかに微笑みかけてみせると、改めて言葉を続ける。

「――君の望む形を考えて場所は整えた。全ての形を整えるにはさすがにまだ時間が必要だが、私だけのものになってはもらえないか？　そのために全力を尽くすと誓おう」

その場へと跪《ひざまず》くと、ルーチェの手を恭しく手にとって甲へと口づけた。それはプロポーズの姿勢。彼が言わんとすることが全て伝わってきて、ルーチェは感極まる。

（一度は断ってしまったけれど……きっとここが私の新しい居場所……私も彼の居場所になりたい……）

居場所を失うのがあれだけ怖かったはずなのに、今は不思議と怖くない。

何もかもが怖くて不安だらけだった自分が嘘《うそ》のようだ。

(きっとシルヴィオ様のおかげ)

彼が自分へと寄せてくれる惜しみない愛に感謝しながら、ルーチェはしっかりとした口調で彼の申し出を受け入れた。

「……はい……もう逃げません……」

「逃さないし、誰にも渡さない——この賭けにのったことをけして後悔させはしない」

シルヴィオはルーチェを力強く抱きしめるとその髪へと顔を埋めた。

ルーチェは満たされきった思いで彼の身体を抱きしめ返す。

ややあって、シルヴィオはルーチェの手へと小さなピルケースを握らせた。

「これを持っていなさい。いざというときには必ず君を助けてくれるだろう」

「……これは?」

「必要になったときに中を確かめるといい」

「……はい」

互いに見つめ合うと、どちらからともなく唇を重ねていき——自然と身体も重なり合っていく。

午後のけだるい空気の中、二人きりのかけがえのない時がゆっくりと過ぎていった。

（大丈夫……きっと分かってくれるはず。もしそうでなかったとしても……少なくとも後悔はしない）

ж　ж　ж

寮の三階の突き当たりにあるエヴァの部屋の前で。ルーチェは何度も深呼吸を繰り返していた。緊張にその顔はこわばりきっている。

ノックをしようとしては中断してを繰り返した後、ようやく意を決してドアを叩いた。

「はい？」

「エヴァ……まだ起きてる？」

「ルーチェ!?」

ドアが勢いよく開いたかと思うと、寝間着姿のエヴァが飛び出してきた。

「もちろん！　起きてるわ！　っていうか、寝ていてもたたき起こしていいから！　いつだって大丈夫っ！」

前のめり気味に力説する彼女の姿に胸が熱くなると同時に、こんなにも心配をかけていたのだと改めて気づかされ申し訳なく思う。

「あの、ね。おいしいお菓子が手に入ったのだけど……一緒に食べない？　いろいろと積もる話もあるし」

エヴァの目の前にハンカチでくるんだカヌレの入った小箱を差し出してみせると、彼女の顔に満面の笑みが広がっていく。

「もちろんよ！　さあ、中に入って！」

就寝時刻が迫っているのにも構わず、エヴァはルーチェを部屋へと招き入れた。

ж　ж　ж

「ごめんなさい……本当はもうちょっと早めに来るつもりだったのだけど……ぎりぎりになってしまって……」

「大丈夫。むしろ懐かしいわ」

「確かに――」

二人はベッドの上にうつ伏せになった状態で横になり頭からシーツをかぶっていた。息をひそめて外の様子を窺いながら。

就寝後にシスターの見回りがある。まずはそれをやり過ごさねばならない。万が一、見つかってしまえば重い罰が与えられる。

こんな風にしていると、女子修学院での生活にまだ慣れていなかった頃を思い出す。

就寝時間ぎりぎりに突然エヴァがルーチェの部屋を訪ねてきて、同じようにベッドで息をひそめてシスターの見回りをやり過ごした後、彼女が持参したマカロンを食べながら延々と他愛もないおしゃべりに耽ったことがあった。

振り返れば、あの時を境に彼女との距離が一気に縮まった気がする。ものすごく昔のことのようにも思えるし、つい昨日のことのようにも思えて感慨深い。思わぬ偶然にルーチェは感謝する。

石畳の廊下に響く規則正しい足音がだんだんと近づいてくる。

時折、音が止んでドアを開く音がするのは一つひとつの部屋を確認しているから。この機会を逃してしまったらおそらくもう二度とエヴァとこうして話をする機会は失われてしまうに違いない。緊張に心臓が躍り、生きた心地がしない。

やがて、エヴァの部屋の前で足音が止まり、ドアが開く音と気配がした。

ルーチェとエヴァは息をころしてシーツの外を窺《うかが》う。

ややあって、ドアが閉まる音がした途端、同時に深い安堵《あんど》のため息をつくと、互いに顔を見合わせて笑い合う。

こんな些細《ささい》なことでわだかまりが解けていくように感じられるのは、やはり親友だからに違いない。

（やっぱり来てみてよかった……）

目には見えない力が背中を押してくれているように感じて、ルーチェは胸の内で呟《つぶや》いた。

これもきっと今後の人生を左右する大きな賭けの一つ――流れを読み、抗わずに素直に従ったほうがいい。

シルヴィオと出会うまでは時に意識することもなかったが、人生における賭けはさまざまな場面において立ちはだかるもの。

改めて過去を振り返ってみると、そういう場面はいくつもあった。

心臓が嫌な鼓動を刻み、胸に巣くった不安と恐れが肥大し始める。

しかし、もうここまで来たからには後には引けない。

ルーチェはもう一度深呼吸をしてから心を整えると、エヴァをまっすぐ見つめて告げた。

「あのね、エヴァ……私、修道女学院《ここ》をやめることになったの……一番最初にその話をエヴァにだけはしておきたくて」

「っ⁉　どうして？　一体何が……」

エヴァは驚きに声をあげ、慌てて口を両手で塞ぐ。

シスターに気づかれてしまったかと緊張の面持ちで外を窺うも、部屋や廊下はしんと静まり返ったまま。どうやら気づかれずに済んだらしい。

「ごめんなさい。ちょっと驚きすぎてしまって……」

「ううん、驚かせてごめんなさい……実は私を引き取ってくださる方が見つかったの」

「それって……」

「…………」

相手を尋ねるのを躊躇っていると思しき親友へとルーチェはその名を告げた。

「シルヴィオ様なの」

「――っ⁉」

エヴァは大きく目を見開いたまま固まってしまった。驚きのあまり今度は声すら出ないようだった。

ルーチェは申し訳なさそうに俯いてしまう。

オークションでのやりとりからすれば、エヴァがシルヴィオに憧れていたことは明らかだった。彼女に打ち明けることができなかった理由はそういう事情もあった。いたたまれなさに拍車がかかる。

「……そう……だったの……」

「ごめんなさい……ずっと話せなくて……」

額に手をあてると、エヴァは深いため息をついてしばし黙りこくる。驚きのあまり考えが追いついていない様子だ。

ルーチェは静かに親友の言葉を待ち続ける。どれだけ責められても文句はいえないと覚悟をきめて。

「ちょっとさすがに驚いたわ……誰かよい人ができたのだろうとは思っていたけれど、まさかそのお相手がシルヴィオ様だったなんて……」

愕然《がくぜん》とするエヴァに、ルーチェは自嘲めいた笑いを浮かべてみせる。

「無理もないわ……私もいまだに夢でも見ているのではないかって疑うくらいだもの。こんなこと誰にも話せることではないし……」

「ルーチェ……シルヴィオ様はご結婚されているって……知った上でのことなのね……」

「ええ、だからエヴァに軽蔑されたらどうしよう。嫌われたらどうしようって……そればかりが怖くって。どうしても話せなかったの。本当にごめんなさい……勇気がなくて」

「どうして話してくれる気になったの？」

「ようやく覚悟が決まったから――どんな形であってもいいって……いずれ奥様とも別れてくださるって……傍にいてほしいとプロポーズされたの」

「その言葉を信じるの⁉」

「ものすごく……迷ったけど信じることにしたの」

「それほどまでに……シルヴィオ様のことを……」

エヴァの言葉にしっかりと頷《うなず》いてみせると、彼女は顔をくしゃっと歪めて今にも泣き出しそうな表情になりルーチェを抱きしめてきた。

「もうっ！　本当に……バカなんだから……そんな大変なこと、自分一人で抱え込んで」

「……ごめんなさい」

「謝らなくてもいいし！　ホントにどこまでもまっすぐで……自分に嘘をつけない……もっと器用になればいいのにって……ずっと思ってた……」

「そうね、自分でも本当に呆れてしまうわ……」

「……でもね、だからこそ放っておけないのよ」

「エヴァ？」

「誰が敵になっても私だけは味方だって言ったでしょ？」

「……うん」

「信じてくれてありがとう……うれしい……打ち明けるの怖かったでしょうに……」

「うん、すごくこわかった……」

「……きっと辛い恋になるわよ？　それでもいいのね？」

「大丈夫、もう覚悟はできてるから」

一分の迷いもない返事を受けたエヴァは得心したようにルーチェへと頷いてみせた。

そして、彼女の頭をわしわしと撫でながら、明るい声で言った。

「いつでも泣いていいから。愚痴だっていくらでも付き合うから。遠慮だけはしないで」

「ありがとう……エヴァ……大好きよ……」

互いに抱き合い、涙ながらに何度も頷き合う。

（たった一人でも……味方がいるってことがこんなにもうれしいことだったなんて……）

ルーチェはかけがえのない友情とそれを失わずに済んだことを心の底から感謝した。

第七章　泡沫《うたかた》の夢と罰

「これで良し――と」

ルーチェは中庭で摘んできたピオニーの花束を花瓶へと活けると、食堂のテーブルへと置いて満足そうに頷いた。

銀のカトラリーは今朝きちんと磨いておいたし、キッチンのオーブンには仕上がりを待つばかりのミートパイを仕込んである。

色とりどりの野菜をつかったサラダにソラマメのスープ。デザートにはシュー生地をつかったルリジュール。

夕食の準備は万端に整っている。後は一緒に楽しむ恋人を待つばかり。

「シルヴィオ様、早く帰っていらっしゃらないかしら」

カストの話からすれば遠方での仕事が忙しいらしく、実に会えるのは一週間ぶりだ。

久しぶりの二人きりの時間をどのように大切に過ごそうか、いろいろと考えるだけで浮足立ってしまう。

ルーチェは胸にさげたネックレスを見つめると遠い目をして微笑んだ。

こんな風に大切な人の帰りを待つことができる今にしみじみと感謝する。

シルヴィオから城の管理を任され、修道女学院を辞めてここに暮らすようになってから早くも一ヵ月が経《た》とうとしていた。

忙しい仕事の合間を縫ってシルヴィオは足しげくルーチェの元へと通い、エヴァも時折、おいしいお菓子をたくさん持って遊びにきてくれる。

両親が遺《のこ》してくれ、シルヴィオが買い戻してくれた城のあちこちを少しずつ整えながら、大事な人たちをもてなすために料理やお菓子を作ったりする穏やかな日々は今までになくとても充実していた。

（こんな毎日がいつまでも続けばいいのに……）

そう願うものの、心のどこかでそれを信じることができない自分にも気がついていた。

神に背く行為はいつか罰せられるに違いない。そんな不安が時折胸をよぎり慌てて目を逸《そ》らしはするものの、その不安はいつまで経っても完全に消せはしない。

（永遠に続くものなんてない……）

祖母との平穏な日々が失われたときのことを思い出すたびに怖くなる。

今が幸せであればあるほど、それを失ったときのことをどうしても考えてしまう。相変わらず後ろ向きな自分に嫌気がさす。

（いつになったらこの呪縛から解放されるのかしら……）

ルーチェはため息を一つ吐《つ》くとそっと目を閉じた。

脳裏には彼の左手の薬指に光る指輪と以前一度だけ垣間見た彼の妻の姿がちらつく。胸が軋《きし》み、慌てて目を開くと、ルーチェは胸元からピルケースを取り出した。

シルヴィオから贈られたピオニーの花が描かれたピルケース。

いざとなったときには中を確認するようにと言われたもの。

お守りのように、祖母のネックレス同様肌身離さず身につけている。

（シルヴィオ様が守ってくださるのだから……何も心配はいらないわ……信じてついていけばいいだけ。疑っては駄目……）

そう自分の胸に言い聞かせたそのときだった。

馬のいななきが外から聞こえてきて胸が躍る。おそらくシルヴィオの馬車だろう。

ルーチェはいそいそと食堂を後にし、彼を出迎えるべく玄関ホールへと続く廊下を足早に歩いていく。

だが、ホールにノッカーの響く音を耳にした瞬間、ハッと息を呑む。

（シルヴィオ様じゃ……ない……）

彼はわざわざノッカーを鳴らして来訪を知らせるような真似《まね》はしない。事前に返る日時を知らせているのだから鍵は開いていて当然だと分かっているし、そもそも城のもう一人の主でもあるのだからその必要もない。

では、一体誰が？

城の修復などで出入りする職人たちはすでに帰宅した後だし、思い当たる人物はいない。

ルーチェが身を竦《すく》ませてその場に立ち尽くしていると、再びノッカーが鋭く鳴らされた。苛立ちをあらわにした攻撃的な音。

扉を開かないほうがいい。そう本能が警鐘を鳴らす。

しかし、シルヴィオの仕事にかかわる要件を携えてやってきた人かもしれない。何か仕事でトラブルがあったのかもしれない。そうだとした場合、なにがしかの対応が必要となってくるだろう。

「…………」

心臓が破れんばかりに早く鋭い鼓動を奏で全身へと響いていく。

ルーチェは意を決すると、重いドアを開こうとした。

しかし、それよりも早くドアが外側から開かれる。

「っ⁉」

目の前には鎧に身を包んだ屈強な男たちが二人——ルーチェは弾かれたように身を翻して逃げようとするが、彼らの太い腕が伸びてきて捕まえられてしまう。

「いやっ⁉　離して……やめ……て……」

必死に男たちから逃れようとするが、力で敵うはずもなく、後ろから羽交い絞めにされてしまう。

「——別に怪しい者ではなくてよ。逃げようとしなくてもよいでしょう？　それとも……何か逃げなければならない特別な理由があるとでも？」

居丈高な女性の声が背後から聞こえてきて息を呑む。

(この声……まさか……)

聞き覚えのある声。否、一度聴いたら二度と忘れようもない。血の気が引く。

「お初にお目にかかるわね。私のことはご存じかしら? イレーネ・ベルナンディ。シルヴィオの妻と言ったほうが分かりやすいかもしれないわね」

「……っ⁉」

男たちに力づくで後ろを向かされ、イレーネの姿が目に飛び込んでくる。

すらりと背が高く、その研ぎ澄まされた美貌は以前に一度目にしたとき同様、一度目にしたら忘れられないような圧倒的な存在感を放っている。

だが、その表情はまるで別人のように憔悴《しょうすい》しきっていて、彼女の美貌を陰らせていた。

それに気付くや否や、ルーチェの胸に鋭い痛みがはしる。

(……あんなに綺麗な人が……こんなにやつれて……)

彼女の恐ろしいほど剥《む》き出しの殺気。その原因が自分だと察し、強い罪悪感に打ちのめされる。

たった一瞬で夢のように穏やかな日々が引き裂かれてしまい愕然とする。

「まさか、貴女《あなた》みたいな小娘があの人の愛人ですって⁉ 何かの間違いではないの? 気でもふれたのかしら?」

「…………」

言葉の一言一句が憎悪の刃となり、ルーチェの胸を突き刺していく。

特に、彼女の言い放った「愛人」という言葉に打ちのめされる。

ルーチェは罪悪感と自己嫌悪の重さに耐えきれず力なくうなだれた。

しかし、イレーネはその顎を掴むと顔をあげさせる。

「まだ初心《うぶ》で何も知らなさそうな顔をしておきながら他人の夫を奪うだなんて。なかなかどうしてやるものね。とんだ悪女だこと」

今まで生きた中で、怒りと憎しみをこれほどまでに赤裸々にぶつけられることはなかった。

それほどのことをしてしまったのだ、改めて思い知らされ、今すぐこの場から消えてなくなりたいと思う。

そんなつもりではなかった――奪うだなんて滅相もない。

ただ、赦《ゆる》されないことだと分かってはいても、彼への気持ちを止められなかっただけ。

そう反論したかったが、自分にはそれを口にする資格はない。

分かっているからこそ、青ざめたまま震える唇を噛《か》みしめるほかない。

(これが……他の人たちから見た私の形……)

敢《あ》えて、ずっと目を逸らしてきた醜いものを目の前に突き付けられたかのような気がして、全身の震えが止まらなくなる。

「じきに彼がここに戻ってくるのでしょう?　手料理を用意して待ちわびていたっていうところかしら?　まるで正妻気取りね」

イレーネは嫉妬と憤りも露《あら》わに吐き捨てるように言い放つ。

「たいしたものじゃない。どうやって夫に取りいったのかしら？　あの何事にも執着しない人がここまで入れ込むなんて……ありえないわ。何が目的で彼に近づいたの？　まあ愚問でしょうけれど――」

「目的なんて……何も……」

「この期に及んできれいごとなんて結構よ。どうせお金でしょう？　あの人の周囲に集まる人間は欲深い人ばかり。私も含めて」

「そんな……」

悪女だという前提の一方的な決め付けが悔しくてならない。

しかし、それ以上にシルヴィオのことを思うとやりきれない思いに駆られる。

（誰もが何もかもお金のためだけ。シルヴィオ様の周りにはそんな人しかいなかったの？）

折に触れて薄々は感じていたものの、神の前で永遠の愛を誓い合った妻ですらそうだったなんて。憤りが込みあげてくる。

「どう……して……そんなひどいこと……」

「ひどい？　どの口がそんなことを言えるのかしら？　貴女のほうがよほどひどいことをしているのではなくて？　他人のものを欲しがっては駄目って親御さんに習わなかったの？」

「……………」

「貴女みたいな小娘が愛人だなんて――耐えがたい屈辱よ。今すぐここから出ていきなさい。

そして二度とあの人の前に現れないで。お金ならばいくらでも私があげるから。それなら満足でしょう？」

イレーネは挑むような口調でルーチェへと迫る。

ルーチェは眦《まなじり》を吊《つ》り上《あ》げると、しっかりとした口調で彼女の申し出を断った。

「……いいえ、結構です。そういうつもりではありませんから」

「――っ⁉」

まさかの反論に虚を突かれ、イレーネは目を見開く。

重い沈黙に場が支配される。それを破ったのはイレーネだった。

「……それじゃ一体何だというの？　まさかあの人を愛しているとでも？　あんな誰も愛せない人、愛を知らない人なんかを――」

シルヴィオへと向けられた彼女の強い憎しみと侮蔑にルーチェは黙っていられない。

「それでも……愛しています。どういう形であったとしても……」

その迷いのない返事を耳にした瞬間、イレーネの顔から笑いが消えた。

しかし、それは一瞬のことですぐにぞっとするような冷笑が浮かぶ。

「愛しているですって？　貴女みたいな世間知らずな小娘が愛を語ろうだなんて笑ってしまうわ……何様のつもりなのか知らないけれど。たかが愛人の分際で。偉そうに」

「…………」

ルーチェは彼女の双眸をまっすぐに見返すと、口端を引き結んで一歩も退こうとしない意志を伝える。

自分のことならいくら馬鹿にされても構わない。だが、シルヴィオのことに関してだけは退きたくなかった。まさか自分にこんな勇気があったなんて思いもよらなかった。

「素直に取引に応じないというならば、こちらにも考えがあるわ」

イレーネは玄関ホールに飾られた絵画を見上げながら歌うような口調で続ける。

「このお城は彼のコレクションの保管も兼ねているものもあるのでしょう？　中には特別な顧客から頼まれて競り落としたものもあって一時的に預かっているのだとか？　その貴重なコレクションが——貴女のせいで全て台無しになってしまったとしたら？」

「っ⁉」

恐ろしい言葉にルーチェは青ざめた。

（そんなに大切なものまで任せてくださっていただなんて……知らなかった……）

シルヴィオが自分に寄せる信頼はうれしいことだが、それを逆手にとられた形になる。

いつの間にそんなことまで調べていたのだろう？　まったく気がつかなかった。

「あなたへの信頼は失われるでしょうね。それに狭い世界だもの。悪評は瞬く間に広がるでしょう。そうなれば身の破滅よ。彼の仕事は信用一つで成り立っているようなものだもの」

「……っ！」

イレーネの脅しにルーチェは身を竦ませる。

（私だけじゃなく……シルヴィオ様にまで……）

夫に不利益が及べば自分にまでも及びそうなものだが、それでも一向に構わないとでもいうのだろうか？

「本気よ。あの人がどうなろうと私は知ったことではないわ。私にも貴女と同じように秘密の恋人がいるの。あの人も知っているわ。つまり私たちはいわゆる形だけの夫婦なの」

「…………」

次々とシルヴィオの妻によって明かされる事実がルーチェの心を引き裂いていく。

（まさかそんな事情があっただなんて……）

全ての結婚が相思相愛の下、神の前で永遠の愛を誓い合って成立するものだとばかり思っていたのに。これほどまでに打算しかない結婚があるとは思いもよらなかった。

「……そんな……形だけの結婚に……一体何の意味があるというのですか⁉」

気がつけば、ルーチェは絞り出すような声で激昂《げっこう》していた。

頭の中が真っ白になって何も考えていられない。ただシルヴィオのことを思い、イレーネに対する憤りが止まらない。

「大人にはさまざまな打算があるの。互いにとって都合がいい関係を続けるという選択肢だってある。子供の貴女には分からないでしょうね」

「分かりません！　分かりたくもありません！」

「――偉そうな口を利かないでちょうだいっ！」

イレーネの手が宙を舞ったかと思うと、ルーチェの頬を力任せに打った。

乾いた音がホールに響いた後、しんと静まり返る。

ルーチェは打たれた頬に手をあてたまま、身動き一つできずにいた。

(形だけの結婚？　違う……奥様は……シルヴィオ様のこと、きっと本当は愛していらしたんだわ……そうでなければこんなに我を失うはずがない……恋人を作ったのも……彼が振りむいてくれなかった寂しさを埋め合わせるため？)

自分と出会う前、二人の関係がどんなものであったかまでは分からない。

だが、今まで全てを遊戯を捉え何にも執着してこなかったという彼に、出会った当初抱いていた不安からある程度想像することくらいはできる。どこまでもミステリアスでつかみ所のない相手を愛してしまうことはとても辛く苦しいこと。

イレーネの気持ちが痛いほど伝わってきて、やりきれない思いに打ちひしがれる。

「これ以上私を怒らせないで。取り返しのつかないことになってからでは遅いわ」

「………」

ぞっとするような狂気じみた響きを帯びたイレーネの声色にルーチェの身は竦む。

イレーネはおぼつかない微笑《ほほえ》みを浮かべると言葉を続けた。

「……何もかも……全て……貴女も私も……全部壊してしまいたい……この二人に貴女をめちゃくちゃに壊してもらってから城に火をつけるなんてどうかしら？　二重の裏切りにあの人はどんな顔をすると思う？　きっと見物《みもの》だわ。ああ、でもその前に……貴女のお友達を壊してあげてからのほうが愉《たの》しいかもしれないわね」

「——っ⁉」

恐ろしいことをいかにも愉しげに口にする彼女にルーチェは慄然《りつぜん》とする。

（……狂ってる……でも、それは私のせい……）

どんな形であってもいい。彼と一緒にいられるならば——そう固く決意したはずだった。

しかし、自分のせいで正気を失ったシルヴィオの妻を目の前にしてその決心が揺らぐ。

イレーネの鬼気迫る異様な雰囲気は、彼女の言葉がただの脅しではないと物語っていた。

（これほどまでに……私のことを憎んで……）

自分だけが罪を購《あがな》うのならばまだしも、シルヴィオとエヴァに何かあったらと考えただけで胸が凍る。愛人という存在がなぜ忌み嫌われる存在なのか、ようやく身を以って思い知る。

（……秘密の関係は……周囲を巻き込んでありとあらゆるものを壊してしまう……大切なものをめちゃくちゃにしてしまう……）

いつか罰を受けるに違いない。その覚悟はできていたはずだった。

しかし、それはあくまでも、自分にとってかけがえのない人々をも傷つける可能性にまで考えが及ばなかったから。

ルーチェは青ざめると、長い沈黙の後、胸にさげたネックレスをぎゅっと握りしめて、喉の奥から絞りだすような声でイレーネへと告げた。

「……お願いですから……罪を負うのは私だけにしてください。シルヴィオ様やエヴァは……どうか傷つけないで……」

「それは貴女の態度次第ね」

「どうすれば……」

逼迫《ひっぱく》したルーチェの様子に満足そうに目を細めると、イレーネはこう答えた。

「あの人の前から姿を消しなさい。ただし、きちんと別れを告げて——でなければ、あの人はどこまでも貴女を追いかけていくでしょう。あの人は欲しいものはどんな手段を使っても手に入れてしまうのだもの。誤った関係はきちんと断ち切って立ち去ること」

「——っ!?」

ルーチェは茫然自失《ぼうぜんじしつ》となってその場に立ちつくす。

(シルヴィオ様に……別れを告げて立ち去る……)

身も心も一つに融けあうごとに、いつしか自分にとってかけがえのない存在となっていった彼との関係を自ら断ち切らねばならないなんて。

あまりにも残酷な罰に息をするのも忘れて固まってしまう。

それはシルヴィオに対する恐ろしい裏切りに他ならない。

(……シルヴィオ様の居場所になるって……誓ったのに……)

愛する人への気持ちに背いて、誓いを撤回しなければならないなんて。

胸が狂おしく掻《か》き乱《みだ》され、視界が涙で滲む。

「さあ、じきに彼が戻ってくるのでしょう？　別れを告げる絶好の機会ではなくて？」

「どうして……それを……」

「貴女とあの人との関係に反対しているのは私だけではないということよ」

「………………」

脳裏にカストの冷笑が浮かび、ルーチェは口元を両手で覆うと、ついにその場へと崩れ落ちてしまう。

（……そんなに簡単に認めてもらえるとは思ってはいなかったけれど……）

いつかは彼の片腕であるカストには彼との関係を認めてもらえるように。それは常に心のどこかに留め置いていたことだった。

誰からも歓迎されない関係であることは重々理解している。

それでもエヴァと同じように、自分たちにとって近しい人だけにはいつか分かってもらいたい。そう思っていた。

（やっぱり……私はシルヴィオ様には相応《ふさわ》しくない……そういうこと……なのね……）

胸がしんと静まり返り、凍てついていく。

ルーチェの頬に一筋の涙が伝わり落ちていった。

ж　ж　ж

いつも着ていた詰襟の古ぼけたドレスへと着替えたルーチェは、トランクケース一つに身の回りの最低限のものを詰め込んで城の中庭の噴水の縁へと腰をかけていた。

修道女学院をやめてこの城へと居を移したときとまったく同じであり、祖母が亡くなり遠い親戚に連れられて祖母の家を後にするときともまた同じだった。

ルーチェはネックレスを握りしめると胸の内で呟いた。

(また居場所をなくしてしまった……もう二度と失いたくない。そう思っていたのに)

それでも不思議と後悔する気にはならない。

この城にやってきたときと変わらず美しく咲き誇るピオニーを眺めながら、彼と出会ってから今までのことを静かに振り返る。

断ったにも関わらず、毎日のように彼から律儀に届けられていたピオニーに寮の部屋が埋め尽くされ、修道女学院のいたるところにおすそ分けにいったことも懐かしい。

ルーチェの口端には淡い微笑みが浮かんでいた。遠くを眺めるまなざしはまるで夢見ているかのよう。

(シルヴィオ様との思い出だけは私だけのもの……誰からも奪われることはない……)

彼に深く情熱的に愛され、独占されてきた記憶の一つひとつへと思いを巡らせて、そっと目を閉じる。

生まれて初めての恋――恐らく一生に一度の。

自分の全てを賭けての恋だった。シルヴィオは魂の底から欲され欲した、ただ一人の人。それはこれまでもこれからも変わりようがない。

だとすれば、彼と過ごした幸せな日々の記憶は「永遠」といえるのではないだろうか？

それに気がついた瞬間、目の前が拓《ひら》けた気がして、暗雲に埋め尽くされた胸の奥に仄かな灯りがともる。

一生分の幸せな思い出は、これから彼を裏切らねばならない恐怖を紛らわせてくれる。

（この思い出さえあれば……きっと大丈夫……おばあさまのときと同じ……）

ルーチェはネックレスに目を注ぎ、自分自身へとそう言い聞かせる。

かけがえのない人との別れは辛いが、その人との思い出が何よりもの薬となり、傷はいずれ癒《い》えていくもの。それは祖母との別れのときに学んだことだった。

夕闇が色濃くなり、空には紺碧の色が滲みつつある。

夜がすぐそこにまで迫っている。夕暮れの名残が空の端に残っている様は幻想的で、夢と現《うつつ》の境目を危うくしている。

きっと悪い夢でも見ているに違いない。

何度もそう思ったが、胸を突き刺す痛みはあまりにも現実的だった。

精魂込めて手入れをしてきた中庭は夢のように美しい。

つらい現実から逃れるように城の中を彷徨《さまよ》い、気がつけばこの中庭へと辿り着いていた。

そして、ここで彼を待つことにしたのだった。別れの場所としては一番相応しい場所のように思えて――

（……あと少し）

つい先ほど――馬のいななきと馬車が停められる音が風にのって聞こえてきた。

じきに彼は自分の姿を探して、ここへとやってくるに違いない。

別れの時がじりじりと近づきつつあるのを感じながら、ルーチェは首からネックレスを外して、彼から贈られたピルケースと一緒に手のひらに包み込んだ。

彼からの贈り物はこの二つを残して、他は全て部屋に置いてきた。

全てのはじまりとなったネックレスとお守り代わりに身につけてきたピルケース、この二つの贈り物だけはどうしても自分の手から返したかった。

時間が遅々として進まない。一日前までさかのぼって時間を止めてしまえたらいいのに――叶わない願いと知りながらもついそんなことを願ってしまう。

（一番幸せな時のまま、永遠に時を止められることができたなら……）

そう胸の中で呟いたそのときだった。

彼のブーツのかかとが床の大理石を叩《たた》く音が近づいてくるのに気づいて、ルーチェは口元を引き結ぶと顔をあげた。

「ルーチェ？　そこにいるのかね？」

「……っ」

柔和な響きを帯びた彼の低い声を耳にした瞬間、胸がずきりと痛む。

最初に出会った頃とはまるで異なる親愛に満ちた彼の声色がうれしくも悲しくも切ない。

ルーチェは目をしばたたかせながら、その場へと立ち上がった。

ややあって、シルヴィオが中庭へと姿を現した。

夕闇の色を反射して淡く紫に色づいたシルバーブロンドを無造作に掻きあげる姿を目にするや否や胸が締め付けられ息が詰まる。

「……ルーチェ」

シルヴィオはルーチェの姿を見てとると、一目で異変を察知し眉根を寄せ咎めるように目を細めた。

「…………」

ルーチェは自分へと向けられる彼の視線がナイフの刃《やいば》のように鋭くなったのを感じ取って、身を竦ませる。

「――これは一体何のつもりかね？」

先ほどとは一転して厳しく冷やかな声で言うと、シルヴィオは赤い双眸をぎらつかせてルーチェを射抜いた。

しかし、ルーチェは彼から目をそらさずにそのまなざしを真っ向から受け止める。

（逃げては駄目……）

ともすれば彼の全身から立ち上る殺気じみた苛立ちにこの場から逃げ出したい衝動に駆られるが、なんとか場にとどまり深呼吸を繰り返す。

「……今まで……本当にありがとうございました……」

シルヴィオを見つめると、思いの丈を込めて今までの感謝を伝える。

「…………」

今にも泣き崩れてしまいそうな表情をしているにもかかわらず必死に笑顔を取り繕おうとするルーチェの言葉に、シルヴィオは黙ったまま耳を傾ける。

「……お別れのときが……来てしまいました」

「――理由を尋ねても構わないかね？」

「いつかは……お別れしなければならないって……ご存じだったはずです……秘密の関係はそういうものだと……」

「私はそうは思わない。気にしているのは君だけだ――」

「……周囲の大切な人たちを……不幸にしてまで……自分たちだけが幸せになるなんてできません……」

「一体、私の留守中に何があったというのかね？」

「…………」

彼の詰問に、ルーチェは一瞬言葉を失ってしまう。

イレーネのことを打ち明けるわけにはいかない。彼女はまだ城に残っている。二人の別れの行方を見届けるために――

どこに潜んでいるか分からない。彼女との約束を果たさなければ、どんな極端な手段をとるかも分からない。

それだけは避けねばならない。

ルーチェは緊張の面持ちで言葉を続けた。

「……何も……ありません……」

「君は嘘が下手だな――私には嘘をつけないと身を以《も》って学んだものとばかり思っていたのだが？」

シルヴィオがルーチェの顎を掴むと、怒りの炎を煌々と燃やした目で睨みつける。

その口端には嗜虐的かつ酷薄な笑みが浮かんでいた。

力づくで本音を暴くつもりに違いない。

ルーチェは彼の手を掴むと、静かに首を左右に振ってみせる。

「……無理強いはしない。そう仰《おつしや》っていましたよね？」

「ああ、君が本気で私を拒むのであれば――約束は守る」

「ならば、お願いします。どうか私とお別れしてください」

「――本気なのかね？」

「……はい」

赤い双眸《そうぼう》が、彼女の本心を探ろうとしてエメラルドの目の奥を覗《のぞ》き込《こ》んでいた。

ほんのわずかの動揺でも認めたならば、即座に力づくで本音を暴きにかかるべく、爪と牙を研ぎ澄ませて。

だが、ルーチェの覚悟は固かった。

揺るぎない強い決意を胸に、本心を嘘で取り繕いはせずに、不都合な個所《かしよ》を差し引いて彼へと告げる。

「今までずっと目を逸《そ》らしていた……恐ろしい罪に気づいてしまっただけです」

ルーチェのどこまでも真剣な訴えに、シルヴィオは苦笑した。

「──なるほど。罪の意識に耐えきることができなかったか。いかにも生真面目な君らしい」

「……申し訳……ありません……」

「謝る必要などない。何も知らない無垢《むく》な君に罪を犯させたのはこの私なのだから」

「え？」

訝しげに眉根を寄せるルーチェをシルヴィオは力いっぱい抱きしめた。

「……っ⁉」

彼のぬくもりと香りとに包み込まれた瞬間、ルーチェは我を忘れて彼の身体を抱きしめ返してしまいそうになる。

しかし、両手の拳をきつく握りしめてその衝動を堪え切る。

「いつか──こんな時がくるのではないかと恐れていた」

「……っ」

懊悩《おうのう》が滲《にじ》んだ彼の声がルーチェの心を突き刺した。

ポーカーフェイスの下に巧妙に隠されていた彼の本心を知って呆然とする。

「──どんな手段をとっても君を私だけのものにしておけたらいいのにな」

危険な言葉。しかし、その語調には諦念《ていねん》が見てとれる。

いっそそうしてくれれば──ルーチェの喉元にまでそんな言葉が出てきかけていた。

しかし、我を忘れるほど傷つけてしまった彼の妻、そして彼のこと、エヴァの身の危険を思うと断腸の思いで唇をきつく噛みしめるほかない。

「だが、そうすれば君の心は死んでしまう。それでは意味がない——君は生真面目で不器用な人だからな」

彼の口からこんなにも愛情のこもった優しい言葉が聞けるなんて。

出会った当初は思いもよらなかった。

いつしか自分が変わっていったように、彼もそうだったのだ。

今さらのようにルーチェはそれに気付く。

シルヴィオは黙ったままルーチェの頭を優しくいとおしげに撫でつづけていた。

（いきなり別れを切り出したのに……責めもせずに……それも含めて私の全てを受け入れてくださるなんて……）

欲しいものはどんな手段を使っても必ず手にしてきた彼の心中を思うといたたまれない。

どれだけそうしていただろうか。

気がつけば辺りには夜のとばりが下りていた。

シルヴィオはルーチェを丁重な手つきで上向かせると、優しく唇を重ねてきた。

軽く触れ合うだけのキス。彼の思いが静かに伝わってくる。

「これを——お返しします」

ルーチェは手にしていたネックレスとピルケースを彼の手へと握らせようとした。

しかし、シルヴィオは受け取らない。

「必要ない。これは君のものだ。とっておきなさい」

「だけど……」

「一度贈った品物を相手に突き返すのはマナーに反する。違うかね？」

「……マナーなんて……いつも気になさらないくせに……」

涙を流しながら切なげに笑みくずれる彼女のこめかみに口づけると、穏やかな口調でこう囁《ささや》いた。

「──君の幸せをいついかなる時でも願っている」

と。

それだけを言い残して踵《きびす》を返すと、シルヴィオは静かにその場を立ち去っていった。

ただ一人その場に残されたルーチェは両手で顔を覆ってうなだれる。

彼との全てはたった今終わってしまったのだ。空虚な想いに支配されたルーチェは時を忘れてその場に立ちつくしていた。

しばらくして、ふと手の平のピルケースへと目を落とす。

いざというときには中を確認するようにと彼から贈られたもの。

もう何もかも遅い。

そう分かってはいたが、震える手でピルケースの蓋を開いてみた。

「これは……」

ルーチェは目を瞠ると、感極まってピルケースを胸に押し抱く。

(こんなにも……私のことを思ってくださっていたなんて……)

嗚咽《おえつ》がこみあげてきたかと思うと、とめどなく熱い涙が両目から溢《あふ》れ出てきて、頬を濡《ぬ》らしていく。

ルーチェは慟哭に身を委ねながら密やかな決意を新たにした。

せめて遠くからいつまでもあの人を想っていよう。それくらいの自由は赦《ゆる》されるはず。

たとえ彼にどれだけ憎まれ、恨まれたとしても――

エピローグ

つい――探してしまう。

彼がこんな小さなオークション会場に、そうそう姿を見せるはずなんてないと分かり切っていても。

どこかで期待してしまう自分が悲しい。片思いでもいい。遠くから彼の成功を願い、愛し続けていればそれだけで満足だと思っていたのに。

「……懐かしい。昔に戻ったみたい」

ルーチェはぽつりと呟いて、そっと目を閉じた。

一年前のオークション会場を思い出す。

あの頃の自分は世間知らずで何もしらないただの一学生に過ぎなかった。

でも、今は違う。

短くはあったが一生に一度の恋と別れを経験して――再び居場所を失って。

それでも彼との幸せな思い出を糧《かて》に生きてきた。

甘い記憶とほろ苦い気持ちとが交錯し、胸を掻き乱す。

シルヴィオに別れを告げて――ルーチェはかつて祖母が暮らしていた村シエルコスタへと居を移していた。

イレーネからは一銭も受け取っていない。お金などなくても生きる術《すべ》は祖母から教わってきた。顔見知りの村人たちとエヴァの支えもあって、かけがえのない人との別れの後もなんとか細々と暮らしてきた。

「なんだか懐かしいわね。一年前に戻ったみたい」

「……ええ」

隣の席に座ったエヴァへとルーチェは頷いてみせる。

二人は久々に王都へと足を運び、オークションの開始を待っていた。

ちょうど一年前と同じように。

首飾りと対である祖母のものと思《おぼ》しき指輪が出品されるらしいとの情報をエヴァの両親から得て、シエルコスタから遠出してきたのだった。

ルーチェは一年前のオークションから今に至るまでの過去を振り返りながら、胸にさげたネックレスをそっと握りしめた。

全ては一つにつながっている。何か一つ欠けても今この瞬間は存在しない。

自分が選んできた一つひとつの選択は全て将来につながる賭けだったのだ。彼との出会いと別れも全て今に繋がっている。

しみじみとそんな思いを噛みしめながら小さなため息をつく。

と、そのときだった。

不意に会場がどよめく。

（……まさか）

強い既視感《デジャヴ》に心臓が太い鼓動を刻んだ。

驚愕に目を見開いたまま、エヴァを見る。

すると、彼女は今にも泣き出しそうな笑顔を浮かべてしっかりと頷いてみせた。

（嘘《うそ》よ……まさか……そんな……）

恐るおそる後ろを振り返る。

「っ⁉」

果たして――そこに彼がいた。

アスコットタイのシャツの上に黒のフロックコートを羽織っている。

衆目を浴びるもそれにはまったく構わず、悠々とした足取りで会場の前へと歩いていく。

オークショニアが慌てふためいて彼を出迎え、急遽《きゅうきょ》彼のために席を用意する。

何もかもが一年前と同じだった。

「…………」

時間を遡ったかのような感覚が強まり、ルーチェの胸は甘く切なく締め付けられる。

ふと彼と目が合った。

合わせる顔なんてない。咄嗟《とっさ》に俯こうとしたのに、昔と変わらずミステリアスなまなざしに縛《いまし》められて動けない。

侮蔑、失望――そんな表情を恐れていたのに、シルヴィオは一瞬だけ驚くほど柔和な笑みを浮かべてルーチェを一瞥《いちべつ》してきた。

「……っ⁉」

例えようのない強い感情が湧きあがり、ルーチェは目を見開いたまま口元を両手で覆う。嗚咽が喉の奥から突き上げてきそうになるが、それを必死に堪えるために背中を丸めて肩を震わせる。

今すぐ何もかも忘れて彼の胸に飛び込めたらどんなにかいいか。

しかし、そんなことが赦されるはずがない。自分は彼を裏切ってしまったのだから――

(ただここで偶然再会できただけ……何も期待しては駄目……オークションが終わったらすぐにこの場を後にしなければ……)

イレーネとの約束を破るわけにはいかない。

ルーチェはこわばりきった表情で唇を噛みしめる。そんな彼女の肩をエヴァが優しく叩いて励ます。

そうこうするうちにいよいよオークションが始まった。

しかし、オークショニアの挨拶も、もはやルーチェの耳には届かない。

心はシルヴィオただ一人に向けられていた。

「ルーチェ、大丈夫……今はオークションに集中してちょうだい。これが終わってから全て説明するから」

「……え、ええ」

エヴァに勇気づけられ、なんとか我に返ると膝においたパドルを握りしめる。

全てはオークションを終えてから——そう自分に言い聞かせて深呼吸を繰り返す。

最初の品が競りにかけられ、次から次へと落札されていく。

だが、祖母の指輪はなかなか出てこない。

ある程度想像はしていたことだが——やはり、指輪と対であるネックレスのいわくつきの落札のせいで実物以上の価値がついてしまっているのは確かなようだった。

オークションの間中、シルヴィオのことが気になってどうしようもなくてルーチェは生きた心地がしなかった。

一日たりとて彼を忘れた日なんてなかった。

居場所を失っても、彼との幸せな思い出をよすがになんとか今日まで暮らしてこられた。

けれど、何度ベッドの中で彼のことを思っては頬を濡らしたかしれない。

(ようやく会えたのに……)

彼への罪悪感で押しつぶされそうだった。

いくらやむにやまれぬ事情があったからといって自分の裏切りはけして赦されることではない。それなのにまさかあんな優しい微笑みを向けてくれるなんて。

自分にそんな資格はないと分かってはいるのに、胸が甘く妖しくしめつけられ、心臓が高鳴り続けていた。自分ではどうすることもできない。

「では、本日のオークション最後のお品になります。一年前、誰もが想像しえなかった高値で競り落とされた伝説のネックレスと対になるお品にございます」

オークショニアが高らかに宣言すると会場がどよめく。

「……っ」

ルーチェは緊張の面持ちで小さなクッションにのせられた指輪に見入る。小さな品なので、スタッフがクッションを恭しく捧げもって客席へと降りてくると、指輪を見せて回る。

（間違いない……おばあさまの指輪……）

指輪の内側には祖母と若くして亡くなった祖父のイニシャルが彫られていた。

祖母の指輪に間違いないとの確信を得て、絶対に落札しなければという強い思いが改まる。

本日の目玉商品ということもあって会場には例の異様なまでの熱気が早くも渦巻きつつあるのを肌で感じて緊張は余計に募る。

（賭けに棲まう魔物に呑まれてはならない……）

そうは思うものの、あの恐ろしいまでの高揚感に惹《ひ》かれている自分に気がついていた。

「それでは——本日最後の入札を開始いたします！」

オークショニアが高らかに宣言すると同時に、次々と客たちからパドルがあげられ入札が殺到していく。

その凄《すさ》まじい勢いにルーチェは気圧《けお》されてしまいそうになる。

入札が一旦落ち着くまで少し待ったほうがいい。

それは分かっているものの、パドルを握りしめる手に汗が滲む。

金額が高値を更新していくたびに、心臓の鼓動が速まり、息がしづらくなる。

「現在の最高入札額は三〇五万シルバーです！　他にいらっしゃいませんか⁉」

本来の価値の三十倍以上の値がつき、ようやくそこで入札は落ち着いた。

これからがいよいよ勝負。

ルーチェは呼吸を整えてから、震える手でパドルをあげた。

「四〇〇万シルバー」

最高入札額に約百万シルバーも差をつけての入札に会場が大きくどよめく。

少しずつ値を上げていったのではずるずると勝負が長引いてしまう。ライバルたちを諦めさせるにはインパクトのある入札をしたほうが結局は安くつくもの。

ルーチェは祈るような思いでパドルを握りしめていた。

（どうか……勝負を挑んでこないで……）

しかし、そのときだった。

今まで黙ってオークションの様子を窺っていたシルヴィオがついに動いた。

例の指揮者を思わせる指先の動き一つにオークショニアがすぐさま反応する。

「六〇〇万シルバーの入札をいただきました！」

刹那、シルヴィオの参戦に会場を包み込む熱気は最高潮に達した。

どよめきが渦となって場を揺るがす。

「…………」

あらかじめ予想はできていたことだったが、心のどこかでこの賭けだけは譲って欲しいという思いを捨てきれていなかったルーチェは苦しそうな表情でシルヴィオを見つめた。

シルヴィオは口端をあげてみせると、オークションからおりるようにとでも言うかのように目配せをよこしてきた。

(あのときと同じ……)

ドクンッと心臓が太い鼓動を結ぶ。

一年前と同じことを繰り返そうとでも言うのだろうか?

「……駄目よ。ルーチェ……落ち着いて。同じ過ちは繰り返しちゃ駄目」

エヴァの注意もとても懐かしい。

過去に迷い込んだかのような感覚がより強まり、いつしかルーチェの口元にも淡い笑みが浮かんでいた。

ルーチェはパドルを再度あげてシルヴィオの入札を更新する。

だが、すぐにまた彼はそれを上回る入札を仕掛けてくる。

一年前の勝負の再来に会場が沸き、一度は落ち着いた入札が再び盛り返す。いったん退いた客たちが再びオークションへと参戦し、上値はどんどんとつりあがっていく。

(これはきっと夢に違いないわ……あんな勝負がもう一度実現するなんてありえないもの)

辛い現実から逃れるためにとうとう夢の世界へ迷い込んでしまったのかもしれない。馬鹿げた考えとは思うものの、異様なまでの高揚感の中、ルーチェは夢うつつの状態で何かにとり憑かれたように上値を更新し続けていく。

もしもこれが白昼夢のようなものだとしたら――あの時と同じ結果を繰り返せば、もう一度彼とあの幸せな日々を送れるのかもしれない。

例え夢であったとしてもそうであればどんなにかいいか。

ルーチェはすがる思いでパドルを上げ続けていた。

くるおしい心音が全身に響き渡り、一切の音が遠のいていく。

賭けに棲まう魔物へと呑みこまれてしまう。

(夢でもいい……シルヴィオ様と一緒にいられるのであれば……)

「八千万シルバー！」

ついにルーチェは全財産を入札へとつぎ込んだ。

上値に七千万シルバー以上の差をつけての、あまりにも途方もない金額の入札に場がしんと静まり返る。

緊張の糸が限界まで張り詰めていた。

その場に居合わせた全員の注目がシルヴィオへと集まる。

シルヴィオは鷹揚《おうよう》な笑みを浮かべると、オークショニアへと頷《うなず》いてみせた。

「一億シルバーの入札が入りました！」

オークショニアが興奮も露わに入札の更新を宣言する。

「………」

ルーチェの手からパドルが滑り落ちていく。

しかし、その顔には清々しいまでの満ち足りた笑みが浮かんでいた。

「現在の最高価格は一億シルバー。それ以上の入札はございませんか⁉」

オークショニアの声がはるか彼方《かなた》から聞こえてくる。

「それではこちらのお品は一億シルバーで落札されました！」

ハンマーが高らかに打ち下ろされた瞬間、割れんばかりの拍手がシルヴィオと彼に果敢に立ち向かったルーチェへと向けられた。

そんな中、シルヴィオがその場に立ち上がると、オークショニアから指輪を受け取ってルーチェのほうへとゆっくりとした足取りで近づいていく。

「………」

ルーチェは顔をあげると、身を固くして息を呑む。

彼に合わせる顔がなくて逃げ出したい衝動と彼の胸に何もかも忘れて飛び込みたいという衝動とが同時にこみ上げてくる。

「今日この日をどれだけ待ち焦がれたかしれない。必ず君は現れると信じていた」

「……信じ……て？」

「ああ、そうだ」

「…………」

自分は彼を裏切ってしまったというのに。

ルーチェの顔がくしゃっと歪み、そのエメラルドの目から大粒の涙がこぼれていく。

「今日この日のために君が望む形を整えた。もはや誰も傷つけずともいい」

そう言うと、シルヴィオはルーチェへと手の甲を向けて左手をあげてみせた。

その薬指にはすでに指輪はなかった。

それが何を意味するかは一目瞭然だった。

（……奥様と……別れて……）

胸の鼓動が加速していき、心臓が破裂してしまうのではないかと怖くなる。

脳裏に浮かぶのは、憔悴《しょうすい》して取り乱したイレーネの姿。

結局、自分は一人の女性を破滅へと追いやってしまったのだ。罪の重さに押しつぶされてしまいそうになる。

眉根をきつく寄せたルーチェの心を見透かしたようにシルヴィオは言葉を続けた。

「安心したまえ――彼女はすでに再婚を済ませている。これが本来あるべき正しい形だったのだろう。彼女からの手紙によれば第一子を授かったらしい。幸せに暮らしている。私と一緒だったときよりもずっと――」

「……っ」

さまざまな思いが胸を交錯し、ルーチェはやるせない。

イレーネはシルヴィオへの片思いについに決着をつけたのだ。

しかし、プライドの高い彼女のことだ、恐らくシルヴィオはそのことを知らされていないに違いない。

（……イレーネさん……ごめんなさい。どうか幸せに……）

彼女の今後の幸せを心の底から願わずにはいられない。

「かなり遠回りしてしまった。私も彼女も――」

遠い目をすると、シルヴィオは自嘲めいた笑みを浮かべて呟《つぶや》いた。

「――別れを切り出してきたのはイレーネだ」

「えっ⁉」

ルーチェは自分の耳を疑い、驚きのあまり目を見開く。

自分たちを破局させた彼女がなぜそんなことを⁉　と、愕然《がくぜん》とする。

「互いに偽りの関係は終えて、いい加減幸せになるべきだと。君にもそう伝えてほしいとのことだった」

「…………」

イレーネの言葉に赦《ゆる》されたような気になる。

きっとそれも承知の上で彼女は彼にそう告げたのだろう。

暖かな思いに胸が締め付けられる。

「私が選んだのは君ただ一人だ。ルーチェ、私と結婚してくれるかね？」

シルヴィオはその場へと跪いたかと思うと、ルーチェの手を恭しくとり、強い意志を宿した赤い双眸でエメラルドの目を射抜いた。

(私が……シルヴィオ様から……結婚を申し込まれている?)

どこまで自分にとって都合がいい夢なのだろう。ほとほと呆れてしまう。

それでも一度堰《せき》を切った涙は一向に止まる気配はない。

このまま頷いてしまえればどんなにいいか。

しかし、自分が彼にした仕打ちを思うと、どうしてもそうすることはできない。

だから、代わりにこう切り出した。

「……では、賭けで決めましょう」

「なるほど——いい考えだな」

ルーチェはピルケースから一枚のコインを取り出すとシルヴィオへと渡した。

シルヴィオはそれを受け取ると、人差し指へとのせた。

その場に居合わせた全員の視線が彼へと集まる。

先ほどの熱狂が嘘のように静寂が場を支配していた。

シルヴィオの親指がコインを弾いた。

コインは宙で回転しながら、彼の手の甲へと吸い込まれていく。

もう片方の手のひらでコインを隠したシルヴィオが彼女へと尋ねた。

「さあ、君はどちらに賭ける?」

「――表に」

「……ならば私は裏に賭けるとしよう」

コイントスの結果を皆が固唾を呑んで見守る中、シルヴィオはゆっくりと手の甲へと重ねた手の平を外していった。

果たして――コインは裏だった。

シルヴィオの勝利に歓声があがり、先ほどよりもさらに盛大な拍手が場を埋め尽くす。

「私の勝ちだ。プロポーズを受けてくれるかね」

「……はい」

ルーチェが涙ながらに頷いてみせると、シルヴィオは、先ほど競り落としたばかりの指輪を彼女の左手の薬指へとはめた。

蝶《ちょう》の形を模した指輪が一際強い輝きを放ち目を眇める。

祝福の拍手の中、ルーチェとシルヴィオは互いに笑い合う。

二人しか知り得ないこの賭けの真相に改めて互いの本心を確かめ合って――

「私が贈ったコインが役立ったようで何よりだ――」

「……ええ」

感慨深そうに呟くシルヴィオにルーチェは何度も頷いてみせる。

そのコインは彼から贈られたものであり表は存在しない。両方が裏になるように細工されたものだった。

「これからも遠慮なく使ってくれたまえ」

シルヴィオが彼女の手を自分のほうへと手繰り寄せるとその身体を強く抱きしめ、耳元に囁いた。

熱に浮かされたような彼の低い声にルーチェの魂が震える。

一年分の思いの丈を込めて互いのまなざしが間近で交錯したかと思うと、どちらからともなく引き寄せられるようにして唇を重ね合う。

一年振りに、止まっていた時が再び動き出すのを感じながら——

世界に一つだけの甘美なデザート

シルヴィオがルーチェのために買い戻した城のテラスにて――二人はソファに腰掛けて二人きりの時間をじっくりと噛《か》みしめるように味わっていた。

シルヴィオはソファの肘掛けへともたれかかるように座り、ルーチェは彼の腕の付け根へと頭を預けるようにして座っている。

ローテーブルの上には大小のシュー生地を重ね、淡いピンク色の砂糖でコーティングした可愛らしいお菓子、ルリジュールが置かれている。

一年前にルーチェがシルヴィオのために用意したデザートだった。

オークション会場を後にした二人は早速懐かしの城へと戻り、ルーチェたっての希望で、シルヴィオへ手料理を振る舞うことにしたのだ。

メニューは別れの日と同じ――まるで離れ離れになっていた一年という時を巻き戻そうとでもいうかのように。

夕暮れどきは彼との辛い別れを思い出すから苦手だったはずなのに。

今こうやって二人寄り添うようにして夕焼け空を眺めているのが嘘のよう。

ルーチェは目をしばたたかせて涙の膜を払いのけると、掠《かす》れた声で呟いた。

「なんだか夢みたい……またこうして一緒にいられるなんて……信じられません……」

胸が甘く締め付けられ、彼の手にそっと自分の手を重ねる。

すると、シルヴィオは彼女の手を握りしめて言葉を続けた。

「――それはまた随分と信頼されていないものだな」

「っ⁉　ち、違います……そういう意味ではなくて……」

慌てふためいて弁明しようとするも、うまい言葉が出てこなくて詰まってしまうのルーチェを愉しげに眺めながらシルヴィオは笑いを噛み殺す。

「私は信じていた。君を取り戻す時が必ず来ると――絶対に取り戻してみせる。そう覚悟を決めていたからこそ、一度は君の別れを受け入れたのだよ」

「……うれしい……です……」

「欲しいものは全て手にいれるのが私の主義なものでね」

自信に満ちた揺るぎない彼の言葉があまりにもうれしすぎて。

ルーチェは思いの丈を込めて彼の手を握りしめ返した。

「だが、君の親友にも礼を言わねばな――彼女の協力がなかったとしたら、私は君を渇望するあまり極端な真似《まね》に出たかもしれない」

「――っ⁉」

シルヴィオの危険な言葉にルーチェは息を呑む。

「極端な……真似ですか？」

「それは君の想像に任せておくとしよう」

彼の赤い双眸の奥には早くも獰猛《どうもう》な獣の光がちらついていて、それに気付くや否や全身の血が妖しく沸き立つ。

しかし、それはあくまでも一瞬のことで、ルーチェは胸をなで下ろした。

「……エヴァには……本当に何から何までお世話になって……」

「持つべきは良き友だ。君は本当に恵まれている」

「……はい」

「彼女は君の様子を折に触れて手紙で報《しら》せてくれていたのだよ。だからこそ、私は安心して君を迎える準備に専念できた」

「……そんなことまで」

ルーチェはエヴァのひたむきな友情に改めて心の底から感謝する。

シルヴィオと別れた後、行くあてもなく誰にも告げずに祖母と暮らした田舎へと戻ったルーチェの居所を今までの会話のやりとりからいち早く突き止めたのは他ならぬ彼女だった。

それからは休みのたびにわざわざ遠くからルーチェの元へと足しげく通ってくれた。母親のお手製のお菓子を山ほど携えて——

シルヴィオとの別れについてはただの一度も尋ねようとはしなかった。

ただ傍にいてくれて、お菓子を食べながら他愛《たあい》もない会話を交わすだけ。それがどれだけありがたいことだったか。

「……エヴァが困ったときには……必ず全力で助けようと心に決めています」

「よいことだ――妬《や》けてしまうがな」

シルヴィオはルーチェの唇を指先でなぞりながら彼女のうなじへと唇を重ねたかと思うと、白磁の肌に唇の痕を刻みこんだ。

「――っ⁉」

自分だけのものだという淫らな証《あかし》を久しぶりに刻まれ、ルーチェはぶるりと身震いして陶然と目を細める。

その甘やかな反応が牡《おす》の本能を駆り立てた。

シルヴィオはルーチェの耳たぶを甘噛みしながら、彼女の身体をソファの上へと押し倒していく。

「だ、駄目です……まだデザートをいただいていないのに……」

一年振りの愛の営みの予感に胸が焦がされるも、彼の責めの苛烈さを思い出すと怖くなってしまい、ルーチェは彼の胸に手をあてて身体を遠ざけようとする。

だが、その次の瞬間、シルヴィオに息もできないほど強く抱きしめられ――大きく目を見開き言葉を失う。

「これ以上はさすがに限界だ。今すぐ君を私だけのものにしなければ気が済まない――デザートも君も同時に味わい尽くすとしよう」

荒々しい息を一つつくと、シルヴィオはルリジュールへと手を伸ばして一口かじり、それをルーチェへと口うつしで食べさせにかかる。

「ンン……ンン……」

シュー生地の中に入れたクリームが溢れだして、ルーチェの口端から落ちていく。

続いて、シルヴィオは彼女の頭を抱え込むと、強引に舌をねじ込んだ。

「っ⁉　ン……っふ……ンンン！」

あまりにも情熱的な口づけに、一瞬でルーチェの理性は吹き飛んでしまう。

気がつけば、ルーチェは彼の重さを感じながら無我夢中で彼の舌に応じていた。

クリームの甘さと唾液とが混ざり合い、二人の舌は執拗《しつよう》なまでに絡み合って互いを激しく求め合う。

この世にこれほど甘美かつ淫らなデザートがあるとは思いもよらなかった。

「ン⁉　ンン……っちゅ……ンぅうう っ⁉」

ルーチェは全身を波打たせながら、キスだけで幾度となく達してしまう。どれだけ彼を渇望していたか、身を以って思い知る。

時を忘れて深い口づけに没頭する二人。

あまりにも激しく貪り合いすぎて、唇が痺《しび》れてくる。

息すら彼に奪われ、さすがにルーチェの舌の動きは止まった。

呼吸すべくいったん唇を離そうとするも、シルヴィオは逃そうとしない。

なおも恐ろしいまでの欲望を剥《む》き出しに、彼女の舌を執拗に追い立て吸いたてていく。

（ああ……駄目……キスだけなのに……もう……）

最初は浅かったはずのエクスタシーが徐々に深くなっていき、やがてルーチェは鼻から抜けるような鋭い声を解き放つと同時に絶頂を迎えてしまう。

「ンっ⁉　ンンンッ！」

全身を硬直させた後、弛緩《しかん》させると同時にソファへと身を預け切る。

そこでようやくシルヴィオは彼女の唇を解放した。

互いに乱れきった息を弾ませ合いながら、情熱的に見つめ合う。

ランタンの光を受けて、赤い輝きを放つ鋭い獣の双眸がそこにあった。

（この目に捕らわれてしまったら最後……もう逃げられない……）

彼の責めをいやというほど刻みこまれたルーチェの心身はすでに異様なほど昂っていた。

「今夜は一年分君を貪るつもりでいる。覚悟したまえ――」

シルヴィオの宣言に胸が妖しく掻《か》き乱《みだ》され、下腹部の奥深くが疼く。

（一年分も愛されてしまったら……きっと壊れてしまう……）

それでもいい。むしろ彼にされてしまうのならば本望。そんな危険な考えが頭をよぎり、ルーチェは自分が恐ろしくなる。

「悪いが手加減はできなさそうだ――」

シルヴィオは熱い吐息混じりの声で呟くと、ルーチェのドレスの裾をおもむろにたくしあげていった。

そして、彼女の足を割り開き、自らの腰を進めていったかと思うと、秘所を覆う下着の股布を掴んで力任せに引き裂いた。

「っ⁉」

布地の破ける音に興奮が煽《あお》られ、ルーチェは戦慄する。

濡れそぼつ秘所が露《あら》わになり、シルヴィオは媚肉へと自らの半身をねじ込んでいく。

「……あっ⁉　っく……あ、あぁあああぁ……」

前戯もなしにいきなり太い肉杭を穿たれ、ルーチェは引き攣《つ》れた声をあげながら、全身を硬直させた。

官能的な口づけによってすでに濡れそぼってはいるが、一年振りの挿入は破瓜の時を彷彿《ほうふつ》とさせるもので、先ほどまでキスの愉悦に蕩《とろ》けていた表情がくしゃくしゃに歪《ゆが》む。

その表情を間近で堪能しながら、シルヴィオは彼女のコルセットもろともドレスの胸元を引き下げた。

刹那、柔らかな二つの丘が弾みながら姿を見せる。

それらを両手で鷲掴みにすると、シルヴィオは牡《おす》の衝動に任せて情け容赦なく腰を鋭く突き始めた。

「あっ！　ンンぁっ⁉　深……す、ぎ……ンぁあああ……」

ルーチェはシルヴィオの下で嬌声《きょうせい》をあげながら身悶《みもだ》える。

身体の中心を太い肉棒でがむしゃらに貫かれるたびに、腰が砕けてしまうのではないかと青ざめる。

しかし、すぐに淫らな快感が肥大していき痛みを掻き消したかと思うと、絶頂の高波がひっきりなしに押し寄せるようになる。

「ンぁ……シルヴィオ……様ぁ……ああ、あぁぁっ！」

全身を何度も激しく痙攣《けいれん》させながら、ルーチェは彼の名を呼び、その苛烈な責めを甘んじて受け入れる。

それが自分の務めであり罪滅ぼしでもあり歓びでもあると固く信じて。

「君の秘密の場所もどうやら私を覚えていてくれたようだな。いかにも真面目な君らしい。私を逃すものかといやらしく絡みついてくる」

「っ⁉　あぁ、だ、だって……あんなこと……忘れられるはずなんて……」

ルーチェの上ずった呟きを耳にした途端、シルヴィオは満ち足りた黒い微笑《ほほえ》みを浮かべて彼女の耳元へと囁いた。

「――だろうな。そのように躾《しつ》けてきたのだから無理もない」

「っ⁉」

シルヴィオの意味深かつ確信に満ちた言葉にルーチェの心臓は跳ねる。

幾重にも巧妙に仕掛けられた彼の罠《わな》は、別れた後ですらなおも自分を縛め続けていたのだと知り愕然とする。

（最初から最後まで本当に読めない人……私なんかが敵うはずなんてなかったのに……どうして別れられるなんて思ったのかしら……）

いくら抗《あらが》おうとも、結局全ては彼の思うがまま——

ルーチェは自信に満ちた彼を恨めしく見上げながらも、どこか清々《すがすが》しい表情で幸せそうに笑みくずれた。

その笑顔にシルヴィオはいったん動きを止めると、彼女の頬《ほお》をいとおしげに撫《な》でた。

「これでよく分かっただろう？　君は私から逃れられない。いい加減諦めたまえ」

「……はい」

観念したように素直に頷いてみせたルーチェの唇に優しくキスをすると、彼女の腰を抱え込みソファから浮かせて激しい抽送を再開した。

「やっ！　あぁあっ！　ン……あぁっ！」

自重をかけて力任せに最奥を穿たれるたびに、ルーチェの視界に火花のようなものがちらつく。

ルーチェは愉悦の高波に理性を打ち砕かれながらも、かつての彼の淫らな命令を思い出して喘《あえ》ぎあえぎ自らの限界を訴えた。

「も、うっ、すぐにイって……しま……あ、あ、あぁあ……」

「いい子だ——」

逼迫《ひっぱく》した嬌声のトーンが上がっていくのに合わせて、シルヴィオはさらに腰を荒々しく打ち付けていく。

天を衝《つ》くかに勃起した肉棒が蜜飛沫《みつしぶき》をあげながら凄まじい勢いで子宮口へと穿たれる。

やがて、ルーチェの元へとくるおしい絶頂の高波が押し寄せてきた。

「っ⁉　や、あ、あ、あぁあぁぁっ！　イ……クッ⁉　んんんぁあああ！」

我を忘れていやらしい声をあげながら、ルーチェは愉悦の渦に呑まれてしまう。

頭の芯が蕩け、何も考えていられない。

彼の逞《たくま》しい背中へとしがみついたかと思うと、爪をたてて全身を痙攣させた。

「──っ！」

シルヴィオは小さく呻《うめ》くと奥歯を噛みしめ、蜜壺が精液を絞りとろうと獰猛に締め付けてくるのをかろうじてやり過ごした。

そして、四肢を投げ出して弛緩させきった最愛の婚約者を見おろすと、蜜壺の痙攣がいったんおさまるのを静かに待つ。

「──大丈夫かね？」

穏やかな声で彼女を気遣うも肉棒は奥深くへと埋め込まれたまま。

相反する彼の言動にルーチェは困り顔で眉根を寄せる。

シルヴィオは彼女の頭を優しく撫でたかと思うと、いったん灼熱《しゃくねつ》の肉槍が抜けて出てしまうぎりぎりの箇所まで腰を引いた。

「あ……」

身体の中心にめいっぱい貼り詰め切った肉棒が引き抜かれる感触に小さな声を洩《も》らすルーチェ。そのまなざしは甘く切なく赤い双眸へと向けられている。

「ルーチェ、私が欲しいかね？」

シルヴィオが意地悪な微笑みを浮かべて尋ねた。

ルーチェは答えに詰まると動揺もあらわに目を伏せる。

しかし、彼は彼女の顎を掴んで自分の目を見つめさせて言葉を続けた。

「君が本当に私を欲しいと願うならば――私の全てを捧《ささ》げると誓おう」

その言葉は、いつもの掴みどころのない彼のものとは思えないほど真摯なものだった。

ルーチェは、彼の気持ちに応えたいと心の底から願い、恥じらいに頬を染めながらもしっかりと頷いてみせる。

「……欲しいです……シルヴィオ様と同じくらい……」

途切れとぎれではあるが、自分の偽らない気持ちを言葉にして伝えていく。

彼女の返事を聞き終えたシルヴィオは、満ち足りた表情で目を細めたかと思うと、歌うような口調で言った。

「君よりも私のほうが君を渇望しているはずだ――」

「そんなこと……っ⁉　ひっ⁉　あ、あぁああ！」

反論しようと口を開いたルーチェだが、さらに腰を深く抱え込まれると同時に肉棒で最奥を再び勢いよく穿たれ、甘い悲鳴をあげてのけ反った。

「ンぁあっ⁉　や、あぁあっ⁉　ンンンンッ！」

先ほどよりもさらに鋭く雄々しい抽送がルーチェをくるわせる。

ルーチェは甲高い悲鳴じみた艶声《つやごえ》を放ちながら、何度も何度も昇り詰めていく。

今までの辛い思いも不安も何もかもが恐ろしいほどの愉悦の彼方へと融《と》けていった。

朦朧《もうろう》とする意識の中、ルーチェは絶頂を迎えるたびにシルヴィオへの想いがよりいっそう募ることに気づき、我を忘れて彼を求めてしまう。

「シルヴィオ様……あぁああ……どう、か……私の全てを貴方《あなた》のものに……」

「ああ、もう二度と離さない。君は私だけのものだし、私は君だけのものだ」

シルヴィオは低い唸り声をあげたかと思うと、最奥を深々と穿《うが》ってありったけの情熱をルーチェへと注ぎ込んだ。

「——ッ！」

ルーチェは声ならぬ声をあげて、彼の全てを受け止める。

（あぁ、熱……い……）

蜜壺のすみずみまでが精液一色に染め上げられるのを感じながら、ルーチェは身体を甘く痙攣させた。

一つに融け合った箇所が燃えるように熱い。

欲望を一滴残らず注ぎ込んで、そのまま膣内で力を失っていくかに思えた肉槍だったが、すぐに再び膣内で力を取り戻していく。

「……う、そ……まだ……だなんて……」

驚愕するルーチェにシルヴィオはいたずらっぽく囁いた。

「私がどれだけ君を渇望していたか、これで分かってもらえただろう？　まだまだこんなものでは済まない」

シルヴィオはつながりあったまま彼女の身体をひっくり返したかと思うと、ソファの肘掛けに上半身を預けた状態で腰を突き上げさせた。

そして、形のよいヒップ掴むと、背後からまたも雄々しい侵攻を始めた。

「ンぁあっ⁉　あ、あぁああっ！　やぁあぁっ！」

甘くくるおしいルーチェの嬌声がテラスへと響く。

その艶声に心地よさげに耳を傾けながら、シルヴィオは背後から彼女の乳房を荒々しく揉《も》みしだき、腰の突き上げを加速させていく。

（全部一つに融けていく……）

全身全霊をかけた彼の責めに全てを委ねたルーチェは至福の一体感に幸せそうに笑み崩れる。

そんな彼女を見つめるシルヴィオのまなざしもどこまでも甘やかで満ち足りたものだった。

一年振りの逢瀬《おうせ》はどこまでも甘く切なくそして激しく――果てしなく続くのだった。

ж　ж　ж

牡《おす》の本能に身を委ねて、一晩中ルーチェを貪ったシルヴィオは朝焼けに染まる最愛の婚約者の寝顔を眺めながら葉巻とコニャックを味わっていた。

自身の膝に彼女の頭をのせ、あまりにも激しい交わりにすっかりもつれてしまったブロンドを指でいとおしげに梳いていく。

しばらく何も言わずにそうした後、テラスに続く部屋で控えているカストを呼んで湯浴《ゆあ》みの用意をするように命じた。

「かしこまりました」

いつもと変わらず、淡々と己の役目を果たしにかかるカスト。

その背にシルヴィオは声をかけた。

「それで――君の賭けはどうなったのかね？」

カストは足を止めると後ろを振り返って主の質問に首を傾ぐ。

「私の賭け？　何のことでしょう？」

「イレーネにルーチェのことを教えたのは君だろう？」

「何のことか分かりかねますが――」

表情一つ動かさずに応える彼にシルヴィオは肩を竦《すく》めて皮肉めいた笑いを浮かべてみせる。

「やはり食えない男だな。君は」

「――褒め言葉と受けとっておきましょう。では、湯浴みの用意をして参ります」

そう言い残すと、カストは部屋から出ていこうとした。

だが、扉の一歩手前で立ち止まると、意味深な笑みを浮かべて主を一瞥すると独りごとのように謎めいた言葉を口にして立ち去っていった。

「最後に残ったものこそが本物で、その前にはいかなる障害も無力。ただそれだけのことです」

と。

シルヴィオは、宙にたなびく煙を目で追いながら呟いた。

「本物――か」

ルーチェの寝顔へと視線を移すと口元を綻ばせ、彼女の額へと口づけると再び空の彼方を見やる。

幻想的な朝焼けに彩られた空には、明けの明星が輝いていた。

あとがき

今回は危険な既婚者との秘密の恋なんていう難しいテーマに敢えて挑戦してみました！

このテーマ……業が深いものだし、かなり難しいだろうなあとは思っていたのですがやっぱりものすごーく難しくて。書いても書いても終わらない地獄に突入。書きすぎて背中というか肩を痛めて再び整体通いだとか、タイミング悪く仕事用の椅子が壊れだとか、もろもろ重なって大変な一冊でした。

なんてったってぶっちゃけ不倫モノなので、よっぽどの事情がなければ純愛は成立しないため、本当に四苦八苦。

でも、ようやく「これだ！」という道筋が見えて無事に書き終えることができました！　よかった……久しぶりにどうなることかと。

プロットもしょっぱなからズレまくり。キャラがそれだけ動いているという証でもあるので悪いことではないのですが、書くほうはもろもろ大変でした……。

編集さんにはいつも以上に迷惑をかけてしまい……何度も「もー駄目だ、難しー！　どうしよー！」となりながらも、ものすっごく助けていただき無事脱稿できました。

今回は自分的にいろんな試みをしてみたので、いつもとはちょっと違う感じの構成になっています。楽しんでもらえたらうれしいです！

危険なシルヴィオに作者である私もが翻弄されてしまった作品でした……ワルめ……。

そんなこんなで苦労した作品ではあるのですが、池上先生のキャラデザが本当に素晴らしすぎて完成がとても楽しみな一冊でもあります。ものすごくこだわって描いてくださっているので！

書き終えるのが大変なものであるほど思い入れもひとしおだったりします。

とはいえ、その一方でもう一〇〇冊以上小説を書いてきてるんだから、いい加減もうちょっと締め切りをきっちり守りたいなあとも……。

ホントにすみませんすみませんすみません……。

締め切りを守れるように自分でもあれこれ工夫してみてるんですが、どうしてもうまくいかず。いまだにやっぱり途中で詰まってしまったりして……そうなるともうホントに予定がずれまくってしまって……どうにかならないかなあと。

最後は結局夏休みの宿題や試験勉強に追われる学生みたいな残念なありさまに……。

が、頑張らねば。まさか大人になってまで学生時代と同じ苦しみに悩まされるとは思ってもみませんでした。いつになったら大人になれるのやら。

というか、大人ってきっと幻想ですよね（いきなり強気）！

みんなの「こうなれたらいいなあ」という憧れと幻想の産物に違いない！

だっていまだに自分は大人だ！　って言い切れる人に出会ったことないし！　ない……です

よね？　私の周囲がダメダメなだけ？　いや、私が一番ダメダメなんですけど！

とりあえず、今回は執筆しているのがちょうど夏ということもあり、余計に学生時代の夏休みの最終日をやたら懐かしく思い出しました……。

今年こそは……いい加減……スケジュールどおりに進められたら……いいなあと……何度目になるか分からない決意を表明してみます。

ああ、頑張らなくちゃならないことが山積み。やりたいことはたくさんあるのに、行動が全然追いついていけてないです。やらねばならないこともたくさんあるし。

ブログも……頑張り……ます……むしろ、頑張りたい……です。

あぁぁ、宣言が希望に……どんどん弱気に。

とりあえず、一歩ずつ……のんびーりとできるようになればいいかなあって。のんびりすぎという説もありますが、気の長さだけは自信があるので！　こらえ性はありませんが……。

どうぞ今後とも……どうかよろしくお付き合いくださいませ（切望）！

みかづき紅月

Mitsuneko Label

蜜猫文庫をお買い上げいただきありがとうございます。
この作品を読んでのご意見・ご感想をお聞かせください。
あて先は下記の通りです。

〒102-0072　東京都千代田区飯田橋 2-7-3
(株)竹書房　蜜猫文庫編集部
みかづき紅月先生 / 池上紗京先生

執愛遊戯
〜甘い支配に溺れて〜

2015 年 8 月 29 日　初版第 1 刷発行

著　者　みかづき紅月　

発行者　後藤明信

発行所　株式会社竹書房
〒102-0072 東京都千代田区飯田橋 2-7-3
電話　03(3264)1576(代表)
03(3234)6245(編集部)

デザイン　antenna

印刷所　中央精版印刷株式会社

Printed in JAPAN
ISBN978-4-8019-0440-8　C0193
この作品はフィクションです。実在の人物・団体・事件などには関係ありません。

トリニティマリッジ
愛されすぎた花嫁姫
麻生ミカリ
Illustration アオイ冬子
三人一緒だよ。
だから怖くない、ね？
兄たちの死により、王位継承第一位となったことで花婿選びに苦悩するクレア。優秀な軍人であるノエルと頭脳明晰なサディアスは彼女の幼馴染みで有力な候補だったが、二人を大事な友人と思うクレアはどちらも選べない。そんな彼女に彼らは大胆な夜這いをしかけて言う。「オレたちと愛しあって、どちらを夫にするか選んで」二人に優しく愛されて得る至上の悦び。どちらかを選べばどちらかを失うことになることに怯えるクレアは!?